KB002464

_____ 님께

이 책을 드립니다.

_____ 드림

365
날마다 새기는

희망
메시지

365
날마다 새기는
희망
메시지

초판 1쇄 발행 | 2009년 07월 10일
초판 6쇄 발행 | 2012년 01월 30일

엮은이 | 이범준
발행인 | 김선희
펴낸곳 | 도서출판 준앤준
책임편집 | 박옥훈
디자인 | 윤정선

등록번호 | 388-2009-000018호
등록일 | 2009년 6월 24일

공급처 | 도서출판 매월당
주소 | 경기도 부천시 소사구 송내동 뉴서울아파트 102동 304호
전화 | 032-666-1130
팩스 | 032-215-1130
메일 | bada1130kim@yahoo.co.kr

ISBN 978-89-962828-0-8 (03810)

365
날마다 새기는
희망
메시지

이범준 엮음

준앤준

January

1

0101

당신의 운명을 개척하라

　어떤 일을 함에 있어서 자신의 운명이나 환경을 탓하지 말고, 절반의 운명을 가진 당신이 적극적으로 개척해 나갈 때, 당신의 진정한 운명이 당신에게 펼쳐지는 것이다.

이 세상의 모든 위대한 사업의 시초는 사람의 머릿속에서 먼저 계획된 것이다. 그렇기 때문에 그대의 사상을 풍부하게 하라. 커다란 건축물들도 먼저 사람의 머릿속에서 그 형태가 그려진 연후에 만들어졌던 것이다. 현실은 사상의 그림자다.
- T. 칼라일

배우고 익히는데 게을리하지 마라

자신이 부족함을 모르고 잘난 척만 하다가 어느 순간 일이 닥치면 허둥대다가 당신뿐만 아니라 주변 사람까지 곤란에 빠뜨리는 것이다. 당신이 지금 잘난 척하기보다는 당신의 부족함을 느끼고 세상일을 배우고 익히는데 있어 게을리하지 마라.

먼저 당신이 원하는 것을 결정하라. 그리고 그것을 이루기 위해 당신이 기꺼이 바꿀 수 있는 것이 무엇인지 결정하라. 그 다음에는 그 일들의 우선 순위를 정하고 곧바로 그 일에 착수하라.   - H. L 린트

0103

당신 운명의 주인은
바로 당신이다

누가 뭐라고 해도 당신은 당신 운명의 주인이자 조종사이다. 어떻게 삶의 태도를 갖느냐에 따라 당신의 삶은 변하게 될 것이다. 긍정적 생각과 열정적인 자세로 이 세상을 살아간다면 당신은 자신의 운명을 스스로 개척해 나갈 수 있으리라.

이 세상에서 그 누구도 당신의 인생을 대신 살아주지는 않는다. 그렇기 때문에 당신 삶의 주인공은 당신일 수밖에 없다.

운명은 그 사람의 성격에 의해서 만들어진다. 그리고 성격은 그 사람의 일상 습관에서 만들어진다. 그러기 때문에 오늘 하루 좋은 행동의 씨를 뿌려서 좋은 습관을 거두어들이도록 하지 않으면 안 된다. 좋은 성격으로 성격을 다스린다면 운명은 그때부터 새로운 문을 열 것이다.
- T. 데커

남과 비교하지 말라

당신의 삶을 자꾸만 남과 비교하려 한다면, 삶은 점점 더 비참해질 것이다. 특히 당신의 단점과 남의 장점을 비교한다면, 당신의 빛나는 면은 당신의 비교 속에서 자취를 감추게 되고 단점만 부각될 것이다. 잘못된 비교는 마음에 상처를 주며 자신감을 손상시키고, 창의적인 에너지의 흐름을 차단하는 결과를 가져온다. 당신의 삶을 축복으로 채우려 한다면, 무작정 남과 비교하는 습관을 버려라.

강한 신념에 의해서 강한 인간이 태어난다. 그리고 그것은 한층 더 인간을 강하게 한다.

- 웰터 바조트

현재의 법칙들은
절대적 진리가 아니다

지금 있는 법칙들을 절대적인 진리라고 생각하지 마라. 사람들이 만들어 놓은 모든 것들은 시대가 변함에 따라, 아니면 새로운 것이 발견된다면 변경할 것을 전제로 해서 만들어진 것이다. 자신을 둘러싸고 있는 세상의 높다란 벽을 무너뜨려라. 그리하여 세상의 다른 지평(地坪)을 바라보아라.

자기에게 이로울 때만 남에게 친절하고 어질게 대하지 마라. 지혜로운 사람은 이해 관계를 떠나서 누구에게나 친절하고 어진 마음으로 대한다. 왜냐하면 어진 마음 자체가 나에게 따스한 체온이 되기 때문이다.
- 파스칼

창의력은 새로운 세상을 열어준다

세상을 살아가는 데에는 여러 가지 중요한 요소들이 있다. 그 중에 하나로 창의력을 꼽을 수 있다. 지금은 창의력이 중요한 시대가 되었다.

창의력이란 세상의 어떤 것들에 대해 호기심을 가지고 그 호기심을 풀어가는데서 생겨나는 것이다. 세상을 당신 자신이 능동적으로 받아들이고 그리고 적극적으로 행동하는 데에서 창의력은 개발될 수 있는 것이다.

사람이 자기가 하는 일에서 행복을 얻기 위해서는 그 일을 좋아하고, 그 일을 지나치게 해서는 안 되며, 그 일이 성공하리라는 생각을 품고 있어야 한다는 세 가지 조건이 충족되어야 한다.   - J. 러스킨

세상을 열린 눈으로 받아들여라

세상은 넓고, 복잡하고, 알 수 없는 상황들이 많이 벌어지는 곳이다. 그런데 그런 세상을 당신의 잣대로만 보려고 한다면 제대로 볼 수가 없는 것은 당연한 일이다. 그리고 다른 사람을 이해하려고 하는 것도 마찬가지이다. 당신이 지닌 경험과 배운 것으로만 다른 사람을 이해하려 한다면 많은 오해를 가져올 수밖에 없는 것이다.

열린 마음으로 타인을 받아들임으로써 올바르게 사람을 이해하게 될 것이다. 마찬가지로 세상을 열린 눈으로 받아들인다면 당신은 아마도 세상을 이해하게 될 것이다.

낙원의 파랑새는 자신을 잡으려 하지 않는 사람의 손 위에 날아와 앉는다.

- 존 베리

마음을 수련하고 정화하라

이 세상을 살아가는데 있어 당신의 마음을 수련하고 정화하기를 계속해서 노력하라. 살아가면서 당신의 마음을 수련한다면 당신은 악의 달콤한 유혹으로부터 벗어날 수 있을 것이다. 그리고 시기와 질투심으로부터 벗어나 당신 마음이 한결 가벼워지고 행복을 느끼게 될 것이다.

사람은 대개 자기의 운명을 스스로 만들어가고 있다. 운명이란 외부에서 오는 것 같지만 알고 보면 자기자신의 악한 마음, 게으른 마음, 성급한 버릇, 이런 것들이 결국 운명을 만든다. 어진 마음, 부지런한 습관, 남을 도와 주는 마음, 이런 것들이야말로 좋은 운명을 여는 열쇠다. 운명은 용기 있는 사람 앞에서는 약하고, 비겁한 사람 앞에서는 강하다.

- 세네카

신념을 가져라

신념이란 당신이 생각하는 바를 세상에서 이루는 것인데 사람들의 성질 가운데 하나는 당신이 생각하는 대로 세상이 이루어진다는 것이다. 긍정적인 사고의 사람은 부정적인 일도 긍정적인 요소의 하나로 생각해 그 일은 결국 긍정적인 것으로 바뀌게 된다.

남의 속임수를 알지라도 말로써 나타내지 않으며, 남에게 모멸을 받을지라도 안색을 바꾸지 않는다면 이 속에 무궁한 뜻이 있고 또 무궁한 활용이 있느니라.

- 홍자성

사랑과 우정의 힘을 자각하라

사랑의 힘과 우정의 힘을 인식하라. 사랑이나 우정은 바로 당신을 만드는 발전의 원동력인 것이다. 그리고 그것들은 당신을 당신답게 만드는 가장 인간적인 힘이라는 것을 자각하라. 오늘 당신의 연인에게, 친구에게, 가족에게 감사하는 마음을 가져라. 그리고 그들에게 감사의 마음을 표시하라.

이해심이 있는 사람은 자신을 세상에 적응시킨다. 완고한 사람은 자신에게 세상을 적응시키려고 버틴다. 그러므로 모든 발전은 완고한 자들의 덕택이다.

- 버나드 쇼

0111

늘 새로운 것을 배워라

우리는 늘 배우려는 자세를 지니고 살아야 한다. 안다는 것은 세상을 보는 눈이다. 그리고 아는 것은 바로 당신의 힘이 된다. 늘 새로운 세계를 보기 위해 노력하고 점검하는 기회를 가져라. 당신이 늘 새로운 것을 배우기 위해 최선을 다해야만 세상을 바로 볼 수 있는 것이다.

악한 일을 행한 다음 남이 아는 것을 두려워함은 아직 그 가운데 선을 향하는 길이 있음이요, 선을 행하고 나서 남이 빨리 알아주기를 바라는 것은 그 선 속에 악의 뿌리가 있는 것이다.　　　　- 홍자성

책 중의 책을 읽어라

어떤 이는 말한다, 책을 읽고 싶어도 시간이 없다고. 그러나 그 말을 하는 사람들을 보면 대부분 몸만 바쁜 사람들이다. 누구에게나 동일하게 주어진 시간을 효과적으로 활용하지 못하고 그 방법을 모르기 때문에 책을 읽을 시간이 없는 것이다. 현명한 사람이라면 아무리 바쁜 와중에서라도 책을 읽을 것이다. 그러면 책을 읽기 위해 기울인 노력만큼 독서는 당신에게 보답을 할 것이다.

아무리 좋은 것이라도 남을 따라서만 한다면 그 효과는 반감된다. 책을 읽는 것도 마찬가지이다. 당신에게 맞는 독서법을 개발하라. 목적에 따라 책을 선택하고 읽는 것을 습관화해 독서가 당신 삶의 일부분이 되도록 하라.

총에 맞은 상처는 치료할 수 있어도 사람의 입에 맞은 상처는 결코 아물지 않는 것이다.
　　　　　　　　　　　　　　　　　　　　　- 페르시아 속담

0113

직접 해보아라

할 수만 있다면 직접 듣고, 직접 보고, 직접 만져 보아라. 다른 사람의 이야기나 책으로 경험하는 것보다 직접 듣고, 직접 보고, 직접 만지는 경험을 한다면 그 경험은 더욱 생생하게 다가올 것이고 당신이 세상을 살아가는 데 있어 귀중한 재산이 될 것이다. 할 수만 있다면 경험을 쌓아라.

사람은 잠자코 있어서는 안 될 경우에만 말해야 한다. 그리고 자기가 극복해 온 일들만을 말해야 한다. 다른 것은 모두 쓸데없는 것에 지나지 않는다.
- F. W. 니체

인내와 용기를 가져라

　이 세상을 살아감에 있어 인내와 용기를 가져라. 인내란 바로 당신의 용기인 것이다. 당신의 주변 환경이 아주 열악해 당신을 괴롭히고 포기하도록 유혹해도 포기하지 않는 것은 당신의 용기인 것이다. 용기란 실천함으로써 진정한 용기가 되는 것이다. 다시 말해 인내란 바로 용기의 실천인 것이다.

입 안에 피를 머금고 남의 얼굴에 내뿜는다면 먼저 내 입이 더러워진다. 이와 마찬가지로 남을 저울질할 때 먼저 내가 그 저울에 달릴 것을 조심하라. 남을 상하게 하는 자는 먼저 그 자신을 상하게 된다.

- 강태공

0115

당신을 존재하게 하는 것들을
믿어라

눈에 보이지 않지만 당신을 존재하게 하는 그것들을 믿어라. 당신의 눈에 보이지 않으나 당신은 공기를 호흡하고, 당신의 눈에는 보이지 않지만 당신은 사랑하고, 당신의 눈에는 보이지 않지만 당신은 우정을 믿으며 이 세상을 살아가는 것이다. 당신의 눈에는 이런 것들이 보이지 않지만 이것들은 그 어떤 것들보다도 소중한 존재들이다.

친절은 세상을 아름답게 한다. 모든 비난을 해결한다. 얽힌 것을 풀어헤치고, 곤란한 일을 수월하게 하고, 암담한 것을 즐거움으로 바꾼다.
- 톨스토이

마음의 눈을 활짝 떠라

영혼을 살찌울 수 있는 책, 품격을 풍요롭게 해줄 수 있는 책, 영혼을 깨끗하게 해줄 수 있는 책, 인생의 의미가 무엇인지를 알려줄 수 있는 책, 어떤 것에 대해 당신이 깊이 깨닫게 해줄 수 있는 책, 마음의 눈을 활짝 뜰 수 있게 해줄 수 있는 책, 당신은 그런 책을 읽어야 한다.

배움은 깨달음이다. 깨달음은 그릇된 것을 아는 것이다. 그릇된 것을 어떻게 깨달을 것인가? 평소 사용하는 말에서부터 그릇됨을 깨달아야 한다. 그릇된 것들을 하나하나 바로잡아 나가야 한다. 그릇된 것들이 제거된 마음가짐이 우리에게 무엇보다 필요한 것이다.　　- 정약용

현명한 사람이 되라

현명한 사람이 되기 위해 노력하라. 즉흥적이고 기분에 따라 행동하지 않기 위해 모든 일에 있어서 사려 깊게 생각하고 그에 따라 행동도 주의 깊게 하라. 머리가 좋은 사람보다는 현명한 사람이 되기 위해 노력하라.

주의 깊게 듣고, 총명하게 질문하고, 조용하게 대답하며, 말할 필요가 없을 때는 입을 열지 않는 사람은 인생의 가장 필요한 의의를 깨달은 사람이다.

- 라파엘르

다른 사람을 함부로 판단하지 마라

함부로 단정하지 마라. 당신이 내리는 단정은 때때로 틀릴 수도 있다. 그리고 서투른 단정으로 인해 자신이 상처를 입음은 물론 남에게도 큰 상처를 줄 수 있다.

사람을 판단할 때도 함부로 단정하지 마라. 사람을 판단하는 방법도 많고 그 기준도 많다. 다만 그 방법이나 기준이 너무 개인적인 것에 기인해 어떤 선입관이 개입되어 잘못 판단을 내릴 수도 있는 것이다. 그러기에 사람을 판단함에 있어서 당신 혼자서 함부로 판단을 내려서는 안 된다.

나는 단 한 가지 사실만은 분명히 알고 있는데, 그것은 내가 아무것도
알지 못한다는 것이다.
                                                    - 소크라테스

0119

새로운 것에 끊임없이 도전하라

세상은 너무나 빠르게 변하고 있다. 그 변화에 맞춰 당신이 생존하는 방법 중의 하나는 무엇인가 새로운 것에 끊임없이 도전하는 것이다. 당신이 새롭게 도래한 정보화 사회에 적극적으로 대응하기 위해서 무언가 끊임없이 새로운 것에 도전하는 것이 중요하다. 새로운 것에 도전한다는 것은 그만큼 실패의 확률도 높다는 것이다. 그러나 실패를 두려워하는 사람은 더 이상 발전할 수가 없다.

당신이 좋은 책을 읽고 지식을 얻는 것은, 남을 업신여기기 위함이 아니다. 남을 도울 수 있고 남에게 무엇인가 줄 수 있는 힘을 얻기 위한 것이라고 생각한다. 고독의 창문을 열고 보라. 배운 것을 실제로 사용할 때가 많다.
- 에픽테토스

바보상자를 멀리하라

너무나 많은 시간을 텔레비전을 보면서 지낸다면 당신의 습관을 뒤돌아볼 필요가 있다. 텔레비전이 백해무익한 것은 아니다. 많은 정보와 교양물도 있다. 그러나 대부분의 사람들은 이런 정보나 교양물을 멀리하고 오락과 드라마를 보는 것으로 시간을 보내고 있다.

습관적으로 텔레비전을 봄으로 해서 당신 인생이 망가지는 걸 방치하지 말라. 텔레비전을 시청하는 시간에 당신을 위한 취미나 독서에 투자하라. 그러면 아마 당신은 자신이 원하는 개성 있는 삶을 살 수 있을 것이다.

당신이 생명을 사랑한다면 시간을 낭비하지 말라! 시간이야말로 생명을 만드는 재료이다.
- B. 프랭클린

0121

살아간다는 것은
협상의 연속이다

　살아간다는 것은 협상의 연속이라고 볼 수 있다. 당신이 성공적인 삶을 살기 위해서는 다른 사람들과의 협상에서 유리한 위치에 서는 것이다. 그것은 바로 당신의 능력을 키우는 일이다. 능력에는 많은 분야가 있다. 당신의 전문적인 분야에서 능력을 키우는 것은 무엇보다 중요하다. 그러나 당신의 전문적인 분야의 능력만 키운다고 해서 세상에서 성공하는 것은 아니다. 그 능력을 바탕으로 세상과의 협상에서 성공해야 진정한 성공의 길로 접어드는 것이다.

가라, 달려라, 그리고 세계가 6일 동안에 만들어졌음을 잊지 말라. 그대는 그대가 원하는 것은 무엇이든지 나에게 청구할 수 있지만 시간만은 안 된다.
- B. 나폴레옹

새로운 용어사전을 만들어라

세상은 변하고 있다. 새로운 용어들이 하루가 멀다하고 생기고 있다. 새로운 용어들에 대해 당신은 어느 정도 알고 있는가? 어지럽게 범람하는 새로운 용어 중에서 당신이 꼭 알아야 하는 용어들을 정리하고 그 뜻을 적어보자. 새로운 용어란 곧 세상의 흐름이고 새로운 정보와 지식인 것이다. 지금부터라도 새로운 용어에 대한 현재진행형의 용어사전을 만들어보라. 용어의 목록이 늘어나면 늘어날수록 당신의 지적 재산도 늘어나는 것이다.

총명하고 생각이 뛰어나도 어리석은 듯함으로 지켜야 하고, 공덕이 천하를 덮더라도 겸용하는 마음으로 지켜야 한다. 용맹이 세상을 진동하더라도 겁내는 듯함으로 지켜 나가며, 부유함이 사해를 차지했다 하더라도 겸손함으로써 지켜야 한다.　　　　　　　　　　- 공자

0123

정보를 좀 더 가치 있게 사용하라

경쟁이 심화된 현대사회에서 가장 중요한 무기 중의 하나가 바로 정보이다. 정보란 당신이 가지고 있는 지식, 사실, 경험 등 여러 가지 소재를 정리해 다양한 창조활동에 활용하는 것이다. 인간의 두뇌는 이러한 정보를 수집, 처리가공, 보관해 이를 상호조합, 연관, 대입, 재창조를 통해 활용함으로써 비로소 그 정보를 좀 더 가치 있게 만들 수 있다.

정보를 잘 분류해 정리해 놓아 필요할 때 쉽게 찾아볼 수 있게 하고 중복된 정보를 수집하는 헛수고를 없애기 위해서도 정보의 정리는 꼭 필요하다.

사람이 정직하게 말하는 것은 무슨 이유인가? 신이 거짓말을 금지했기 때문이 아니다. 그것은 거짓말을 하지 않는 것이 마음이 편하기 때문이다.
- F. W. 니체

정보를 최대한 활용하라

정보를 최대한 활용하라. 정보통신의 발달로 모든 정보를 공유할 수 있는 세계적 차원의 네트워크가 구축되어 있다. 이러한 지식이 지배하는 21세기를 떠받치고 있는 두 기둥은 무엇보다 정보와 시간이라 하겠다. 쓰레기도 모으면 정보가 된다. 또 아무리 좋은 정보라 할지라도 그냥 쌓아두기만 한다면 쓰레기로 변한다. 정보에 대해 과감하게 모으고 다시 과감하게 필요 없는 것은 용도 처분하자. 정보를 가공해 당신에게 필요한 정보를 만드는 방법을 익혀라.

허영심은 말을 많이 하게 하고, 자존심은 침묵하게 한다.

- 쇼펜하우어

새로운 아이디어는 즉시 메모하라

　에디슨은 메모광이었다. 그렇기에 그는 발명왕이 될 수 있었다. 생각은 순간적인 것, 그 순간을 메모하지 않는다면 금방 잊어버리고 말 것이다.

　생각에는 좋은 생각이나 나쁜 생각이 있을 수 있다. 그러나 그 생각들을 메모하지 않는다면 생각한 것 중에 아주 일부만이 우리 머릿속에 남게 될 것이다. 어떤 아이디어나 생각들을 메모한 다음에 바로 그 메모에서 당신은 좋은 아이디어나 생각을 다시 떠올릴 수 있는 것이고, 깊이 생각할 수 있는 것이다.

들판 위로 내리는 비가 산 위로 나타나는 구름과 다르듯이, 어떤 사람이 노출시키는 면은 그가 감추고 있는 면과 다르다.　　- 칼릴 지브란

완벽을 추구하지 마라

완벽을 추구하는 사람은 자신을 비하할 수밖에 없다. 사람이라는 존재가 완벽하지 않기에 완벽을 추구하는 사람은 자신이 무슨 일을 하더라도 계속 부족하게만 보일 것이다. 열심히 해보지만 완벽하지 않기에 결국은 그 일을 처리하지 못하고 쩔쩔 매게 될 것이다. 그러므로 지나치게 완벽하기만을 원하지 말라. 그렇다고 일을 대충 처리하라는 것이 아니다. 최선을 다하고 실수를 줄이려고 노력하는 데에서 좋은 결과를 낳게 되는 것이다.

건강은 최상의 이익, 만족은 최상의 재산, 신뢰는 최상의 인연이다. 그러나 마음의 평안보다 행복한 것은 없다.
- 법구경

당신에게 시간이란 무엇인가

삶의 계획을 마련했다면 당연히 시간에 대한 계획도 마련해야 한다. 삶이라는 것은 당신에게 주어진 시간들이 모여져 만들어지는 것이기에 삶의 계획이라는 것은 어쩌면 시간에 대한 계획의 다른 말인 것이다. 삶과 시간에 대한 계획이 수립되었다면 앞을 향해 전진하라.

고요한 곳에서 고요한 마음을 지키는 것은 참다운 고요함이 아니다. 소란한 가운데서 고요함을 지켜야만 심성의 참경지를 얻으리라. 즐거운 가운데서 즐거운 마음을 지니는 것은 참다운 즐거움이 아니다. 괴로운 곳에서 즐거운 마음을 얻어야만 마음의 참모습을 볼 것이다.

- 명심보감

시간과 기회는 기다려주지 않는다

당신의 시간을 관리하는 출발점은 일을 뒤로 미루지 않는 습관에서 시작된다. 일을 뒤로 미루어버렸다는 것은 시간과 기회를 뒤로 미루었다는 것과 마찬가지의 의미인데, 시간과 기회는 그 누구도 기다려주지 않는다. 일을 미룬다는 것은 당신의 시간과 기회를 버리는 것과 마찬가지인 것이다. 일을 미루지 않고 바로 바로 처리하는 습관을 익힌다면, 당신의 바쁜 생활 중에도 여가를 즐길 수 있는 시간이 생길 것이다.

당신이 당신 자신을 사랑한다면, 스스로를 사랑하듯 다른 사람도 사랑하게 된다. 만일 당신이 자신을 사랑하면서 남을 사랑하지 않는다면, 진정한 의미에서 자신을 사랑하는 데도 실패할 것이다. - 에크하르트

시간은 누구에게나 동일하다

누구에게나 시간은 동일하게 주어진다. 늘 계획을 잘 세워 시간을 풍요롭게 쓰는 사람이 있는가 하면, 어떤 사람은 항상 시간에 쫓기는 사람도 있다. 당신은 어떠한가?

남을 원망하고 미워하는 감정은 혈액순환을 방해하는 동시에 맥박을 급하게 하고, 위장의 운동이 정지되어 음식을 받지 않으며, 먹은 음식은 부패하기 쉽다. 그러므로 사랑의 감정은 무엇보다도 먼저 건강에 좋다.
- 데카르트

당신에게 주어진 시간을
최대한 활용하라

시간이 부족하다는 것은 변명에 불과하다. 그 누구도 당신보다 더 많은 시간이 주어진 것은 아니다. 오늘부터라도 당신의 자투리 시간을 활용하라. 과거에 시간 활용을 어떻게 했느냐에 따라 당신의 오늘이 있는 것이다. 그리고 당신의 미래는 현재의 시간을 어떻게 활용하느냐에 따라 만들어지는 것이다. 당신에게 주어진 시간과 상황을 직시하고 자기개발에 노력해서, 행복한 미래를 사는 당신을 만들어 나가야 할 것이다.

삶은 죽음에서 생긴다. 보리가 싹트기 위해서는 씨앗이 죽지 않으면 안 된다.
- 간디

0131

당신의 시간을
소중하게 생각하라

인생에서 성공한 당신을 만드는 것은 오늘이라는 하루의 시간이 성패를 좌우하게 된다. 과거의 시간도 미래의 시간도 당신에게 있지만 당신이 살 수 있는 시간은 오늘이라는 시간밖에는 없다. 오늘이야말로 당신에게 주어진 가장 중요한 시간이기에 결국 오늘이라는 하루의 시간이 당신의 삶을 결정하게 될 것이다.

알맞은 정도의 소유는 인간을 자유롭게 한다. 도를 넘어서면 소유가 주인이 되고 소유하는 자가 노예가 된다.
　　　　　　　　　　　　　　　　　　　　　　　　- F. W. 니체

February

2

인간의 가능성은 무한하다.
그러나 이것과 모순되는 듯이 보이지만 인간의 불가능성 역시 무한하다.
이 둘 사이, 할 수 있는 무한과 할 수 없는 무한 사이에 인간의 삶이 있다.
- 게오르그 짐멜

사소한 시간이 모여
당신의 삶이 된다

살면서 당신이 범하기 쉬운 과오는 일상 생활에서 정말 중요하지만 사소하다고 무시해 버리는 것들이 너무 많다는 것이다. 그런 사소한 것들이 모여서 바로 당신의 미래를 결정하는 아주 중요한 것들이 됨에도 불구하고, 당신은 무시해 버리기 쉽다. 시간도 그 중에 하나인 것이다.

꽃이 가루받이를 하는 짧은 시간, 물고기가 먹이를 잡아먹는 짧은 시간은 일단 놓쳐버리면 다시 그런 순간을 만날 기회는 여간해서 찾아오지 않는다. 그러므로 당신은 떠오르는 것을 끊임없이 지켜보아야 한다.

- 디오도어 루빈

시간을 지키도록 노력하라

　시간을 유용하게 활용하기 위해서는 당신의 업무에 대해 마감 시간을 정해 놓고 나름대로 그 시간을 지키기 위해 노력하라. 그리고 어떤 일을 하건 계획성 있게 일을 하라. 일을 시작하기 전에 그 일에 대한 계획을 짜고 그 계획에 따라 일을 진행시키도록 노력하라.

내 것이라고 집착하는 마음이 갖가지 괴로움을 일으키는 근본이 된다.
온갖 것에 대하여 취하려는 생각을 내지 않으면 훗날 마음이 편안하여
마침내 버릴 근심이 없어진다.　　　　　　　　　　　　- 화엄경

자투리 시간을 활용하라

시간을 유용하게 활용하기 위해서는 출퇴근 시간에 당신에게 주어지는 자투리 시간을 활용하라. 그 시간이 짧은 것 같지만 매일 반복하는 그 시간이 모이면 엄청난 시간이 되는 것이고 당신 삶의 일부가 되는 것이다. 출퇴근 시간의 자투리 시간을 활용하라.

말로 갈 수도, 차로 갈 수도, 둘이서 갈 수도, 셋이서 갈 수도 있다. 하지만 맨 마지막 한 걸음은 자기 혼자서 걷지 않으면 안 된다.

- 헤르만 헤세

시간을 쪼개서 사용하라

시간을 유용하게 활용하기 위해서는 당신이 원하는 것을 하기 위해 나름대로 시간을 분배해서 쓸 수 있는 방법을 연구하라. 당신이 바빠 시간이 없어 할 수 없는 것이 아니라, 시간을 효율적으로 분배해서 쓸 수 있는 방법을 당신이 모르기에 하지 못하는 것이다.

수많은 사람들이 인생에서 출세하지 못하는 이유는 기회가 문을 두드릴 때, 뒤뜰에 나가 네잎 클로버를 찾기 때문이다. - 월터 크라리슬러

당신의 삶에 연습은 없다

귀중한 시간을 잘 활용하면 당신은 두 배의 인생을 살아갈 수 있다. 당신에게 한 번 지나간 시간은 아무리 노력을 해도 다시 되돌릴 수는 없는 법이다. 삶을 연습처럼 대하지 말자. 삶에는 연습이란 없다. 늘 실전만이 있는 것이다. 당신의 삶을 늘 연습이 아닌 실전이라는 생각으로 대하라.

책은 청년에게는 음식이 되고 노인에게는 오락이 된다. 부자일 때는 지식이 되고, 고통스러울 때면 위안이 된다.   - M. T. 키케로

시간의 중요성을 명심하라

당신의 삶에 있어서 어떤 계획을 세울 때에는 시간의 중요성을 명심하라. 당신이 언제 그 계획을 시작해서 언제 완료해야 하는가를 명심해야 한다. 시간의 중요성을 간과한 계획이란 거의 실현 불가능한 것이나 마찬가지인 것이다.

만일 그대가 어떤 일을 성취하기 어렵더라도, 그것은 인간에게 불가능 하다고 생각해서는 안 된다. 오히려 무슨 일이든 인간은 할 수 있으며 인간성에 일치하는 것이라면, 자기도 이룰 수 있는 것이라고 생각해야 한다.
                                                              - M. 아우렐리우스

지킬 수 있는 계획표를 만들어라

당신이 계획표를 만들 때 무리하거나 실천하기 어려운 계획을 세우고 그것을 억지로 성취하려 한다면 결국 실망만 커질 것이다. 그렇기에 계획표를 세울 때 너무 무리한 계획보다는 당신이 적절하게 소화시킬 수 있는 범위에서의 계획을 세울 줄 알아야 한다. 계획표에 기록된 예정 사항을 지킬 수 있도록 작성하는 것이 중요하다.

자기자신을 희생하는 것처럼 행복한 일은 없다.　　 - 도스토예프스키

당신이 값진 삶을 살기 위해서는

인생 항로의 나침반을 놓고 구체적인 방향을 잡으며 살아가는 사람이 발전하고 성공하는 삶을 사는 것이다. 당신의 삶은 당신의 판단과 선택에 의해 만들어진다는 것을 잊어서는 안 된다. 이제 당신에게 주어진 시간을 어떻게 활용할 것인가 하는 계획을 세우자. 그리고 그 계획대로 실천하자.

인간의 가능성은 무한하다. 그러나 이것과 모순되는 듯이 보이지만 인간의 불가능성 역시 무한하다. 이 둘 사이, 할 수 있는 무한과 할 수 없는 무한 사이에 인간의 삶이 있다.　　　　　　　　 - 게오르그 짐멜

낭비하는 시간에 대해 반성하라

무작정 낭비하는 시간에 대해 반성의 기회를 가져라. 당신이 시간을 사용하는 습관에 대해 반성하는 시간을 갖자. 무작정 낭비하는 시간을 당신의 삶에서 줄이지 못할 때 당신의 삶은 무작정 낭비되고 있는 것이다.

어떤 것도 두려워하지 않고 대의를 위해 기꺼이 목숨을 버릴 준비가 되어 있는 사람은 다른 사람을 벌벌 떨게 하고 다른 사람의 목숨을 좌지우지하는 사람보다도 강하다.

- 톨스토이

새벽시간을 활용하라

각각의 삶들은 경쟁하고 경쟁은 시간을 어떻게 사용하느냐에 따라 승부가 나게 마련이다. 특히 새벽이라는 시간을 어떻게 활용하느냐에 따라 개인들의 큰 차이가 생겨난다. 만약 새벽시간을 당신이 활용할 수 있다면 모두가 잠자고 있는 시간을 값지게 쓰고 있다는 것에 대해 당신은 자부심과 긍지가 생기고 그것은 자신감으로 바뀔 것이다.

책 속에 모든 과거의 영혼이 잠잔다. 오늘날의 참다운 대학은 도서관이다.
- T. 칼라일

곧바로 시행하라

당신과 우리들의 가장 큰병은 어떤 일이 생겼을 때 그 일을 뒤로 미루는 병이다. 만약 당신의 집에 화재가 발생했는데 불끄기를 뒤로 미룬다면 당신의 집은 어떻게 될 것인가? 당신에게 어떤 일이 발생했을 때는 곧바로 행동으로 옮겨라. 행동으로 옮긴 다음 생각해도 늦지 않다. 당신에게 어떤 일이 생겼다면 곧바로 시행하라.

족함을 모르는 사람은 부유하더라도 가난하고, 족함을 아는 사람은 가난하더라도 부유하다.
- 석가모니

차 안에서의 시간을 활용하라

도시에서 자동차는 계속 증가하고 도로는 자동차가 증가하는 만큼 증가할 수 없기에 직장인들의 출퇴근 시간이 점점 길어지고 있다.

당신이 차 안에서 자신에게 필요한 학습과 간단한 운동, 때로는 명상까지 하다보면 당신은 어느새 목적지까지 와 있는 것을 발견하게 되고 차 안에서 얻은 지식과 지혜, 그리고 건강은 당신 삶의 내일을 열어주는 훌륭한 도구가 되어 있을 것이다.

만족을 모르는 것이야말로 가장 큰 화근이다.　　　　　　　- 노자

틈틈이 책을 읽어라

퇴근 후의 시간도 활용할 수 있는 사람이 되라. 매일 매일 당신의 삶을 기록하는 일기도 이 시간에 써라. 당신의 삶을 되돌아볼 수 있으며 미래에 대한 전망을 세울 수 있는 것이다. 정성스럽게 쓴 일기는 당신의 삶에 큰 자산이다. 또 이 시간에 틈틈이 책을 읽자. 좋은 책 한 권은 당신 삶에 있어서 스승 한 사람이 되는 것이다.

가난은 결코 불명예로 여길 것이 아니다. 문제는 그 가난의 원인이다. 나태, 멋대로의 고집, 어리석음. 이 세 가지 중 하나가 가난의 결과라면 그 가난은 진실로 수치로 여겨야 할 것이다.　　　- 플루타르크 영웅전

퇴근 후의 시간을 활용하라

퇴근 후의 시간도 활용할 수 있는 사람이 되라. 퇴근 후의 시간 활용에 대한 시간표를 당신이 스스로 만들어보자. 휴식을 취하는 것도 괜찮고 삶의 발전을 위해 학습을 하는 것도 괜찮으며 당신의 취미 생활을 하는 것도 괜찮다. 계획 없이 무작정 퇴근 후의 시간을 보내는 것보다 계획을 가지고 실천하는 것이 당신에게 주어진 시간을 두 배로 활용할 수 있는 것이다. 오늘 당신 스스로 퇴근 후의 시간 활용에 대한 시간표를 작성하라.

그대가 얻고 싶은 것을 가졌거든 그것을 얻기 위해 바친 노력만큼 그대도 노력하라. 이 세상의 모든 물건은 대가 없이 얻을 수 없다. 남이 노력해서 얻은 것을 그대는 어찌 팔짱을 끼고 바라보고 있는가?

- C. 힐티

자투리 시간 활용법에 대해
질문하라

만약 당신에게 자투리 시간이 있다면 당신은 그 시간에 새로운 것을 배우려고 노력하는가? 또 무엇을 해야 하는가에 대해 계획을 세우고, 당신의 일에 대해 워밍업을 하며, 내일의 스케줄을 조사해 준비하는가? 그리고 자신의 일이나 관심 분야에 당신의 경험을 넓혀 그 시간을 잘 사용하려고 계획하고 있는가?

늘 쾌활하게 생활하고 싶다면 사소한 일에 화를 내지 말 것이며, 비록 작더라도 제 몫으로 온 것에 대해서 만족하고 감사히 여겨라.

- 사무엘 스마일즈

자투리도 모아지면
엄청나게 크게 된다

살아가는 동안 어떤 일과 일 사이에는 많은 자투리 시간이 있다. 그런데도 당신은 그 시간이 얼마나 값진 것인 줄 모르고 지나친다. 그냥 개념도 없이 그 시간들을 버리고 있다. 자투리도 모아지면 엄청나게 큰 것이 되는 것이다.

이런 자투리 시간들을 아무 생각 없이 그냥 소모한다면 당신의 삶에 큰 손실이 아닐 수 없다. 당신이 돈을 낭비하는 것은 언젠가는 회복할 수 있지만, 당신이 낭비하는 시간은 한 번 지나가면 당신에게 영원히 돌아올 수 없는 것이다.

참으로 마음에서 우러나오는 보시는 이름이나 칭찬을 바라지 않는다.

- 법구경

한 가지 일의 결과로 다수확하라

당신이 조그만 노력을 기울이고 현명하게 일을 처리한다면 한 가지 일을 하더라도 동시에 다수확의 결과를 가져올 수 있는 것이다. 이런 다수확의 결과를 가져올 수 있다면 남이 하나를 이룰 때 당신은 2개, 3개…… 그 이상의 결과를 가져올 수 있는 것이다.

화가 난 사람은 장님과 바보가 된다. 이성은 사라져버리고 노여움은 지성의 힘을 완전히 억누르며 판단력도 그것의 포로가 되어 모든 기능은 완전히 멎기 때문이다.
- 피에트로 아레티노

당신의 일을 나누어라

당신이 하지 않아도 되는 일은 남에게 과감히 이양시켜라. 당신 혼자 모든 일을 하려는 것은 시간 낭비다. 당신이 일을 나누는 것은 당신의 협력자를 키우는 것임을 잊어서는 안 된다. 남에게 일을 이양했을 때 당신 혼자 하는 것보다 빨리 처리될 것이고 또, 여기서 당신은 원만한 인간관계를 배우게 될 것이다.

괴로워하거나 불평하지 말라. 사소한 불평은 눈감아버려라. 어떤 의미에서는 인생의 큰 불행까지도 감수하고, 목적만을 향해 똑바로 전진하라.

- 고흐

시간에 대한
잘못된 습관을 반성하라

만약 일을 미루었다면 이유를 불문하고 스스로를 엄격히 다루어라. 시간에 대한 나쁜 습성은 반드시 고쳐야 하고, 시간에 대한 나쁜 습관의 처벌은 엄격해야 한다. 자신에게 엄한 사람만이 성공을 성취할 수 있다. 당신이 어떠한 경우에도 어려움을 딛고 당신이 원하는 것을 성취하려면 시간에 대한 잘못된 습관은 냉철하게 처벌해야 한다. 시간만큼은 되돌릴 수 없는 것이다.

나는 오랫동안 명상한 결과 다음과 같은 확신을 스스로 얻게 되었다. 확고한 목표를 지닌 인간은 그것을 반드시 성취하도록 되어 있으며 그 것을 성취하고자 하는 그의 의지를 꺾을 만한 것은 아무것도 없다.

- 디즈레일리

0220

삶의 여유를 가져라

무조건적인 경쟁의 세상, 그러나 이런 세상일수록 당신 삶의 여유를 가져라. 세상은 점점 각박해지고 있다. 무조건적인 경쟁과 무자비한 자기혹사가 지금 이 사회를 휩쓸고 있다. 그러나 삶의 이런 태도는 당신에게 좋은 결과를 가져오지 못할 뿐더러 당신을 파멸로 이끄는 요인이 될 수도 있다. 이제 삶의 여유를 가질 수 있는 시간을 가져라. 여유란 노는 것이 아니다. 다시 출발하기 위해 당신을 돌아보는 것이다.

가장 유능한 사람은 배우는 것에 가장 힘쓰는 사람이다.   - 괴테

여가를 자기개선의 시간으로
활용하라

여가 시간은 그냥 보내는 시간이 아니라 자기개
선에 필요한 시간이라는 사실을 자각하라. 특강을
택하거나, 독서를 하든가, 종사하는 최근의 업계
정세를 파악하든가 많은 방법 중에서 당신을 개선
시키는 여가 활용법을 다시 생각해 보라.

귀중한 여가 시간을 어떻게 활용하느냐에 따라
현재의 충실한 삶, 그리고 내일의 보다 풍부한 삶
에 대한 꿈을 실현할 수 있는 것이다.

성공은 차라리 늦을수록 좋다. 왜냐하면 일반적으로 빠른 성공은 사람
의 나쁜 성질을 잡아 일으키고 실패는 좋은 성질을 키워 나가기 때문
이다.
- C. 힐티

여가 계획표를 만들어라

먼저 당신이 어떻게 여가 시간을 활용하고 있는지 확인해 보라. 당신은 주어진 여가 시간을 어떻게 이용하고 있는가? 이런 질문을 던지고 점검해 보자. 그 시간을 어디에 사용했는지 체크해 보고 여가 시간을 활용할 수 있는 시간 계획표를 만들어라.

미래를 두려워하고 실패를 두려워하는 사람은, 그 활동을 제한 받아 손도 발도 움직일 수 없게 된다. 실패라는 것은 별로 두려워할 것이 아니다. 오히려 실패하기 전보다 더 풍부한 지식으로써 다시 일을 시작할 수 있는 좋은 기회이다.   - H. 포드

여가 활용법을 연구하라

당신에게 주어진 여가 시간을 활용하는 데 있어서 당신에게 도움이 되는 대학이나 전문교육기관의 특강도 염두에 두라. 그런 특강에 참여하는 많은 사람들은 성공한 사람도 있으며 성공을 꿈꾸는 사람들이다. 당신이 그들의 자세를 배우는 것도 좋고 그 사람들의 무기를 눈여겨보았다가 당신의 것으로 만들 수 있다면 더욱 좋은 것이다. 특강에 참여하는 많은 사람들은 자신이 하는 일에 사용하는 무기를 더욱 업그레이드하기 위해 여가 시간을 활용하고 있는 것이다.

믿음과 희망에 대해서 세상 사람들의 의견은 각각이겠지만, 자선에 대해서는 인류 전체의 관심이 일치할 것이다.   - 알렉산더 포프

자기계발에 투자하라

자기에게 주어진 여가 시간을 어떻게 사용하고 있는가가 문제인 것이다. 그 중요한 시간들을 어떻게 활용했느냐가 미래의 당신 성공과 행복의 갈림길을 만드는 것이다.

여가 시간을 그냥 노는 시간으로만 보낸다면 당신의 성공과 발전을 가져오기 어렵다. 여가란 일과 놀이가 결합되어 있어야 한다. 여가란 바로 자기를 업그레이드할 수 있는 시간인 것이다.

항상 무엇인가를 듣고, 항상 무엇인가를 생각하며, 항상 무엇인가를 배운다. 이것이 인생의 참된 삶의 방식이다. 아무것도 바라지 않고, 아무것도 배우지 않는 사람은 살 자격이 없다.　　　　- 아서 헬프스

다양한 분야로 관심을 넓혀라

당신은 좀 더 다양한 분야로 관심을 넓혀라. 당신이 세상에 대해 관심을 넓히면 넓힐수록 당신의 생활에서 풍요로움은 더욱 커질 것이다. 모든 시간을 일에 빼앗기고 당신의 심신을 단지 일만을 위해 소모시켜버리는 것은 당신의 생을 일의 노예로 만들어버리는 것이다. 그렇게 일한다고 해서 일의 능률은 향상되지 않는다. 기계도 너무 무리하면 고장을 일으킨다. 하물며 사람이란 적당한 휴식과 스트레스를 해소해야만 일의 능률이 올라가는 것이다. 그렇기에 당신의 관심 분야를 찾고 그 관심 분야를 넓혀 나가는 것은 당신의 취미를 가꾸는 것은 물론 당신을 가꾸어 나가는 길이다.

배운 사람은 항상 자기 속에 재산이 있다.　　　　　- 필래드라스

오늘과 미래를 생각하라

현재의 시간을 최대한 활용하라. 성공한 사람은 자기에게 주어진 과거의 시간을 얼마나 잘 활용해서 자기개발에 충실했는가를 오늘에 보여주는 것이며, 사람들의 미래는 역시 현재의 시간을 최대한 활용함으로써 자기개발에 게을리하지 않고 좋은 방향으로 개선해 목표를 향해 모든 일에 최선을 다함으로써 그려지는 것이다.

가정의 단란함이 이 세상에서 가장 빛나는 기쁨이다. 그리고 자녀를 보는 즐거움은 사람의 가장 거룩한 즐거움이다.   - 페스탈로치

지금부터라도 행복하라

지금부터라도 행복하라, 가만히 사람들의 삶에 대해 생각해 보면 이 세상에 존재하는 대부분의 사람들은 결국 행복해지기 위해 세상을 살아가는 것임을 알 수 있다. 스스로 불행을 원하는 사람은 단 한 사람도 없을 것이다. 이 세상을 사는 것은 자신이 행복해지기 위함이다.

지금부터라도 행복하라, 오늘 당신의 열정과 용기를 다해 행복의 길을 향해 내딛어라.

우리는 부모가 됐을 때 비로소 부모가 베푸는 사랑의 고마움이 어떤 것인지 절실히 깨달을 수 있다.

— 헨리 워드 비처

당신은 행복해질 권리가 있다

당신에게 행복에 이르는 작은 믿음과 노력은 어떤 것일까? 그것은 바로 행복해질 권리가 있다는 것을 깨닫고 그 권리를 추구하는 것이다.

비록 지금 슬픔과 우울에 빠져 있지만 그때마다 당신의 환경만을 탓하지 말고 행복을 위한 작은 노력과 믿음을 기울여라. 그렇게 할 수 있다면 지금보다는 훨씬 행복해질 수 있으리라.

가정이야말로 고달픈 인생의 안식처요, 모든 싸움이 자취를 감추고 사랑이 싹트는 곳이며, 큰 사람이 작아지고 작은 사람이 커지는 곳이다. 가정은 안심하고 모든 것을 맡길 수 있으며, 서로 의지하고 사랑하며 사랑받는 곳이다.
- H. G. 웰즈

March

3

오늘을 붙들어라! 되도록 내일에 의지하지 말라!
그날 그날이 일 년 중에서 최선의 날이다.
- 에머슨

0301

감사하는 마음을 가졌는가

당신 주변에는 너무나도 소중한 사람이 많이 있다는 것을 깨달아야 한다. 부모, 아내, 남편, 자녀, 친구 등 소중한 그들에게 당신은 오늘 얼마만큼 감사의 마음을 가졌는지 생각하는 시간을 가져라. 그리고 그들을 소중히 여겨라.

아버님 날 낳으시고 어머님 날 기르시니 두 분 곧 아니시면 이 몸이 살았을까. 하늘 같은 은덕을 어찌 갚으오리까.　　　　　　　- 정철

당신의 삶을 위해 지금 시작하라

시작하라! 자신의 삶을 위해 지금부터라도 세상에 존재하는 많은 것들에 대해 느끼고, 당신의 모든 것에 대해 최선을 다하며, 이런 모든 것들을 토대로 생각하고, 행동하라. 그리고 진지한 삶, 활발하게 살아 숨 쉬는 신념에 찬 삶에 대한 꿈꾸기를 시작하라.

충고를 적절하게 하려면 위대한 사람이 되어야 한다. 그러나 그 충고를 우아하게 받아들이려면 더 위대한 삶이 되어야 한다.   - 맥코레이

행복해질 수 있는 권리를
포기하지 마라

당신이 '자신'을 알고, 진정으로 바라는 것이 무엇인지 알게 된다면 행복해질 수 있는 기초가 마련되는 것이다. 자신에 대해 잘 알지 못하기에 마음속에 있는 행복을 자꾸만 바깥에서 찾으려고 한다. 이러니 행복이 찾아올 수 있겠는가?

많은 사람들이 자신을 잘 알고 있는 것 같지만 실상은 자신을 모르며 살아가고 있다.

좋은 약은 입에 쓰나 병에 이롭고, 충직한 말은 귀에 거슬리나 행동에 이롭다.
- 사마천

잘못된 습관을 고쳐라

건강한 당신으로 가는 길은 병이 어떻게 오며 어떻게 깊어가는가를 깨닫고, 병을 생산하는 당신의 잘못된 습관을 이제라도 중지하는 것이다.

우리의 일상 생활에서 가장 조심해야 할 것은 사소한 감정을 어떻게 처리하느냐 하는 문제다. 사소한 일은 계속 발생하며, 그것이 도화선이 되어 큰 불행으로 발전하는 일이 적지 않기 때문이다.　　　- 알랭

명상을 통해 자신을 만나라

명상을 통해 어지러운 마음을 가라앉히고 당신 내면의 소리를 들어라. 당신의 일을 추진하고, 최선의 자신을 찾으며, 최선의 당신을 만들기 위해 노력하라. 그리고 명상을 통해 자신을 만나고 당신을 만들어 나가라.

감사하고 받는 자에게는 풍성한 수확이 따라온다. 말만으로써 감사하는 것은 믿을 만한 것이 못 된다. 진정한 감사는 마음으로 감사하고 행동으로 나타내라.
　　　　　　　　　　　　　　　　　　　　　　　　- 블레이크

지금 당신의 주변을 살펴보라

삶에 더 많은 아름다움을 받아들일 마음의 자세가 되어 있다면 아름다움은 당신 삶에서 빛을 발할 것이다. 그리고 그 빛은 삶을 아름답게 가꾸는 밑거름이 될 것이고 당신을 행복하게 만들 것이다.

왜 생각하지도, 보지도 않고 포기하는가? 지금 당신 주변을 살펴보라. 당신이 그토록 바라는 삶을 아름답게 가꿀 소재들은 당신 주변 어디서든 존재하고 있다.

사람은 자신의 손에 있는 것은 정당한 값으로 평가하지 않지만, 일단 그것을 잃어버리면 가치를 부여하게 되는 것이다.   - 셰익스피어

0307

행복을 약속하는 땀을 흘려라

오늘 잠시라도 온몸에 땀이 나도록 일을 하라. 땀을 흘리지 않는데서 몸의 병도 생기고 마음의 병도 생기는 것이다. 땀 흘려서 일하는 것, 그것이 인생에 행복과 건강을 약속한다.

오늘 잠시라도 일을 즐기면서 하겠다는 마음 자세를 가져라. 일을 즐길 줄 아는 사람이야말로 진정으로 삶의 의미를 알 수 있다.

감정이란 것은 끝이 없는 것인지도 모른다. 왜냐하면 감정은 표현하면 할수록 더욱 그것을 표현하는 수밖에 없기 때문이다.   - E. M. 포스터

당신의 삶은 대신 살아주지 않는다

자신의 삶을 그 누구도 대신 살아줄 수가 없다. 자신에게 아무리 잘해 준다 해도 부모는 부모일 뿐, 자신과 아무리 친하다 한들 친구는 친구일 뿐, 자신과 아무리 사이가 좋다 해도 연인은 연인일 뿐 그들이 당신이 될 수는 없는 것이다.

삶의 주인은 누가 뭐라고 해도 당신 자신일 수밖에 없다. 당신의 생각과 멋으로 이 세상을 살아가라. 그리고 삶에서 파생되는 모든 문제에 대해 당신이 책임을 져라. 삶이 이렇기에 행복은 스스로 만들어 나아갈 수밖에 없다.

오늘을 붙들어라! 되도록 내일에 의지하지 말라! 그날 그날이 일 년 중에서 최선의 날이다.
                                                              - 에머슨

0309

자신에게 축배를 권하라

자신에게 축배를 권하라. 당신 자신을 정확하게 인정해 줄 수 있는 존재는 당신 자신뿐이리라. 작은 성취를 이룬 것에 대해 스스로 축배를 권해보자. 그 작은 성취를 스스로 인정하고 자신을 자랑스럽게 생각할 때 큰 성취를 이룰 수 있는 것이리라.

지금이야말로 일할 때이다. 지금이야말로 싸울 때이다. 지금이야말로 나 자신을 더욱 뛰어난 사람으로 만들 때이다. 오늘 능히 하지 못하면 내일 무엇을 할 수 있을 것인가.
                                                                    - 케빈스

당신의 주변 환경을 변화시켜라

오늘, 자신을 위해 좀 더 나은 주변 환경으로 변화시키기 위해 노력하라. 만약 주변 환경을 변화시키고자 작은 정성이라도 기울인다면 아무 일도 하지 않은 것과는 너무나 큰 차이가 날 것이다.

마음을 무기력하게 하고, 어지럽게 하는 주변 환경을 활력이 가득 차고 집중력을 발휘할 수 있는 환경으로 개선하자. 거창하게 시작하지 않아도 된다. 주변 환경을 변화시키기 위해 작은 정성이라도 기울여라. 이런 작은 정성이 당신의 삶에 새로운 기운으로 넘쳐나게 될 것이다.

기억하라, 형세는 언제고 바뀐다는 것을. 세상은 반드시 더 좋아진다.

- 앤드류 매튜스

자신의 소중함에 눈을 떠라

눈을 떠라, 긍정적이고 자랑스러운 눈으로 현재의 자신을 바라보고 받아들일 수 있도록 눈을 떠라. 그리하여 당신을 있는 그대로 사랑할 수 있는 법을 배워라.

눈을 떠라, 당신 미래의 모습에 대해 눈을 떠라. 그리고 원하는 미래의 모습을 눈앞에 그릴 수 있도록 마음의 눈을 떠라.

겨울이 지나 여름이 되었는데도 앙상한 가지만을 고수하는 나무는 죽은 나무임에 틀림없다. 먼저 고정관념을 버려야 한다. - 이드리스 샤흐

변신하라

용기를 내어 변신을 시도할 때다. 먼저 주변의 작은 일부터 시도하라. 가장 강조하고 싶은 것은 외모와 함께 몸에 대한 관리를 시작하라는 것이다. 옷을 단정하게 입고 외모를 청결하게 하는 것도 중요하다. 그러나 더 중요한 것은 몸에 근본적으로 변화를 주는 운동을 시작하는 것이다.

끈기 있게 운동하라. 운동은 자신과의 싸움인 것이다. 운동을 지속적으로 하는 사람은 그만한 보답을 얻는데, 바로 건강과 성취감을 얻을 수 있다. 이런 실천을 통해 자신을 가꾸어가는 사람이 행복을 누릴 수 있는 것이다.

사람은 자기가 한 약속을 지킬 만한 좋은 기억력을 가져야 한다.

- F. W. 니체

0313

당신이 행복한 삶을 산다는 것은

오늘 당신의 일을 하라. 신명나게 할 수 있는 일을 하라. 노예 같은 일이 아니라 진정으로 원하는 일을 하라. 발전하는 자신을 만들 수 있는 일을 하라. 즐기면서 일할 수 있다면 어떤 일이건 최선을 다할 수 있으며, 그 신명나는 일은 행복과 발전을 가져올 것이다.

단순한 진흙이라도 도공의 손에 들어가면 아름답고 유용한 것이 될 수 있다. 생각을 바꾸면 인생이 달라지는 것이다.　　　　　- 존 하첼

즐거웠던 일을 회상하라

삶에 지치거든 즐거움을 가져다주었던 일을 회상해 보라. 엉뚱한 것이라도 무방하다. 그 일을 생각해 낼 수 있다면 삶은 틀림없이 유쾌해질 것이다.

삶에 지치거든 당신에게 힘을 주었던 그 노래를 생각하라. 기억이 난다면 소리내어 불러보아라. 박자가 틀리고 가사가 틀려도 무방하다. 그 노래를 생각해 낼 수 있다면 삶은 아마도 그 노래로 인해 당분간은 위안이 될 수 있으리라.

삶에 지치거든…….

고마움을 통해 인생은 풍요해진다.   - 본 헤퍼

당신 스스로를 믿어라

자신을 사랑하고 신뢰할 때 원하는 것들을 이룰 수 있으리라. 당신 스스로의 힘과 능력을 믿어라.

자신을 사랑하고 신뢰할 때 견디기 어렵고 감당하기 힘든 괴로움과 갈등 속에서도 더욱 다져지고 강해지리라.

만약 누군가를 행복하게 해주고 싶은 생각이 있으면, 그 사람의 소유물을 늘리지 말고 욕망의 양을 줄여주는 것이다.
　　　　　　　　　　　　　　　　　　　　　　　- 세네카

열등감을 버려라

열등감을 버려라. 세상의 행복이나 불행은 상대적이다. 당신이 보기에 상대방이 무조건 행복해 보이지만 상대방은 그 사람 나름대로 인생이라는 고통의 무게를 짊어지고 사는 것이다.

만약 열등감을 가지고 있다면 빠른 시일 내에 버리는 것이 현명하다. 다른 사람의 것이 당신의 것보다 좋고, 당신이 가지고 있지 못한 것을 다른 사람이 가지고 있다고 생각하지만, 다른 사람은 당신을 보면서 거꾸로 그렇게 생각하고 있는지도 모른다.

한 사람이 천 명을 이길 수도 있다. 그러나 자기를 이기는 자가 가장 위대한 승리자이다.
- J. P. 네루

절약하는 삶을 살아라

절약하는 삶을 살아라. 절약하면서 살 수 있다면 절약은 당신에게 삶의 자유를 가져다주리라. 절약으로 인한 삶의 여유는 결국 당신의 자유를 저축하는 것이며, 당신은 그 자유를 즐길 수 있는 권리를 지니게 되리라. 절약하는 삶은 당신에게 삶의 축복을 가져다줄 것이다.

사람은 자기자신을 알아야 한다. 그것이 진리를 발견하는데 도움이 되지는 않을지라도 적어도 자기 생활의 질서를 세우는데 도움이 될 것이다. 그리고 이보다 더 당연한 일은 없는 것이다.
— 파스칼

남의 탓이 아니다

지금 깨달아라. 당신 삶의 주인공은 바로 당신이
라는 사실을 깨달아라. 그리고 당신에게는 아직도
많은 가능성의 씨앗이 당신 내면에 존재하고 있음
을 발견하라.

지금의 삶을 소중히 여기며, 또한 가능성의 씨앗
들에 대해 세심한 관심을 기울인다면 당신의 삶은
지금부터라도 새롭게 시작될 것이다. 생각은 바로
보이지 않는 많은 가능성의 씨앗이기에 자신에게
행복과 성공을 가져오고 싶다면 먼저 당신의 생각
부터 바꾸는 노력을 하라.

기회를 기다려라. 그러나 절대로 때를 기다려서는 안 된다.

- F. M. 밀러

0319

하늘과 자연을 바라보아라

오늘 잠시라도 흙을 밟아보면서 대지에게 감사하는 마음을 가져라. 이기적인 문명화와 현대적인 기계화로 인해 병들고 메말라진 마음에 자연의 소중함을 깨닫게 하고 마음의 건강을 되찾아주리라.

오늘 잠시라도 밤하늘을 보면서 감사하는 마음을 가져라. 오늘도 하루 종일 쉼 없이 사람들에게 무한한 은혜로움을 베푼 자연에 대해 감사하는 마음을 가져라. 이런 경건한 마음은 당신의 건강을 회복할 수 있게 하리라.

그대의 꿈이 한 번도 실현되지 않았다고 해서 가엾게 생각해서는 안된다. 정말 가엾은 것은 한 번도 꿈을 꾸어보지 않았던 사람들이다.

- 에센바흐

나만의 것이 주는 기쁨을 누려라

나만의 것이 주는 기쁨을 누려라. 살면서 나만의 공간을 마련하고 그 속에서 나만을 위한 시간과 물건을 사용하면서, 나에 대한 애착과 나를 창의적으로 재생산하자.

세상에서 가장 좋은 벗은 나 자신이며, 세상에서 가장 나쁜 벗도 나 자신이다. 나를 구할 수 있는 가장 큰 힘도 나 자신 속에 있으며, 나를 해하는 무서운 칼날도 자신 속에 있다. 이 두 가지 중 어느 것을 좇느냐에 따라 자신의 운명이 결정된다.

- 웰만

소박한 삶을 살아라

진정한 행복을 원한다면, 삶에서 복잡함보다는 단순함을 선택하라. 느림·여유·게으름의 가치를 재창조하라. 물질적인 사치보다 자신만의 시간과 공간을 가져라. 스스로 삶을 선택하고 결정하라. 중요한 일과 중요하지 않은 일을 구분하라.

남을 비난하는 것은 위험한 불꽃이다. 그 불꽃은 자존심이라는 화약고의 폭발을 유발하기 쉽다. 이 폭발은 가끔 사람의 생명까지 빼앗아 간다.
- D. 카네기

0322

오늘을 사는 법을 배워라

오늘 지금 이 순간에 최선을 다해 세상에 임하고
있는지 당신 자신에게 자문하는 시간을 가짐으로
써 올바르게 오늘을 사는 법을 배워야 한다.

사람들이 재물과 욕정을 버리지 못함은, 칼날 끝에 발린 꿀처럼 한 번
핥는 것만으로는 부족하여 어린아이가 혀를 베는 줄도 모르고 덤벼드
는 것과 같다.　　　　　　　　　　　　　　　　　　　　 - 징경

남을 위해 착한 일을 하라

살아가면서 남을 위해 착한 일을 하라. 현대인들은 자기 중심으로 생각하고 행동하며 살아간다. 나라는 존재도 중요하지만 나를 둘러싼 모든 사람들이 나를 이 세상에 있게 하는 소중한 존재들이다. 남을 위해 봉사하는 일을 하라. 그에게 받을 생각을 말고 줄 생각을 하라. 그리고 주되 그에게 다시 받기를 바라지 말라. 순수한 마음으로 주어라. 이런 마음이 당신을 행복하게 만든다.

살아가면서 남에게 따뜻한 말을 던지고, 맑은 웃음을 선사하라. 정성스러운 마음으로 남을 도와주어라. 이런 마음이 당신을 행복하게 만든다.

건강이 있는 곳에 자유가 있다. 건강은 모든 자유 중에서 으뜸가는 것이다.
- 아미엘

마음의 보석 상자를 만들어라

마음의 보석 상자를 만들라. 당신 유년시절의 꿈이든 일기장에 썼던 낙서든 당신 삶의 빛나는 부분들을 그 보석 상자 안에 담아라. 당신 마음의 보석 상자에는 오래지 않아 꿈들이 넘쳐나게 되리라.

남의 조그만 허물을 꾸짖지 않으며, 남의 사사로운 비밀을 폭로하지 않으며, 남이 전에 저지른 잘못을 생각하지 말라. 이 세 가지로 가히 덕을 기르며 또한 가히 해를 멀리할 것이니라.　　　　　　　- 홍자성

돈이 모든 행복을
가져다주지는 않는다

돈이 모든 행복을 가져다주지는 않는다. 살아가면서 돈은 꼭 필요한 존재이지만, 생활을 풍요롭게 해주고 삶의 행복을 이루기 위한 하나의 수단이지 돈의 축적 자체가 행복은 아니다.

그렇다고 해서 돈이 무용지물이라는 것은 아니다. 돈은 꼭 필요하고 행복을 이루기 위한 수단이다. 그러나 주객이 전도되어서 행복을 잃어가면서 돈을 벌기 위한 삶은 버려야 한다. 돈이 모든 행복을 가져다주지는 않는다.

성적 욕망처럼 강한 욕망은 없다. 이것은 결코 만족되는 법이 없다. 만족하면 할수록 더욱더 욕망이 커지기 때문이다.   - 톨스토이

지금 연인의 손을 잡아주어라

지금 연인의 손을 따뜻하게 잡아주어라. 지금 어렵다 해서 포기하지는 마라. 그 여자의 손을, 그 남자의 손을 따뜻하게 잡아주어라. 비틀거리며 세상으로부터 돌아온 연인의 손을 따뜻하게 잡아주어라. 어려울 땐 따뜻한 위로가 필요하다. 그 위로는 상대방에게 용기를 심어준다. 위로를 하는 쪽도, 위로를 받는 쪽도…… 그리하여 험난하지만 다시 용기를 내어 세상을 살아갈 수 있는 힘을 주어라.

오만한 사람에게는 자기가치의 절대적인 높이만이 중요하며, 허영심이 많은 사람에게는 자기가치의 상대적인 높이만이 중요하다.

- 게오르그 짐멜

당신은 아주 소중하고
특별한 사람이다

　내면의 소리에 언제나 귀 기울이고, 당신의 마음을 항상 열어두어라. 자신의 존재를 인식하고 자신을 바로 볼 수 있다면 깨달을 것이다. 그것들은 늘 마음속에 있었고 앞으로도 늘 함께할 것이라는 것을 알 수 있으리라.

시람마다 개성, 재능, 천부적 소질에서 차이를 보인다. 평등이 아니라 불평등이, 평준화가 아니라 개개인의 다름이 이 세상 발전의 척도이다. 개인의 개성을 키우자. 저마다의 우월성을 마음껏 발휘하자. 자기의 천부적 소질을, 찬란한 재능을 꽃피우자.
- F. E. 셸링

내 삶의 축복을 감사하라

감사하라, 당신이 살아 숨 쉬는 것 자체가 신이 내린 축복이고 은혜로움이다. 그것은 그 자체로서 당신에게 주어진 가장 값진 선물이기에 신이 주신 선물에 감사하라.

감사하라, 자신에게 주어진 삶에 대해 감사하라. 그리고 감사와 기쁨 속에서 당신의 하루를 살아라. 그러면 미래의 당신도 감사와 기쁨 속에서 살게 되리라.

거만한 사람은 타인과 거리를 둔다. 그런 거리에서 보면 타인이 자신에게는 작게 보이기 때문이다. 그러나 결국 자기자신도 그들에게 작은 크기로 비춰진다는 것을 잊고 있다.　　　　　　　- 찰스 칼렙 콜튼

꿈꿀 수 있는 자는 행복하다

삶의 시나리오를 만들어보라. 세상을 살면서 뭐든지 꿈꿀 수 있다는 것은 행복한 일이다. 실현 가능성이 적더라도 꿈꿀 수 있는 시간을 가진다는 것은 자기 삶의 활력을 가져오리라.

결정은 스스로 내리는 것이다. 다른 사람들이 기분이 상할 정도로 독불장군 행세를 할 필요는 없지만, 무엇보다도 자신에게 진실해야 한다. 스스로에게 어떤 일을 해도 좋다고 허락하는 것으로도 충분하다.

- 앤드류 매튜스

오늘 최선을 다했는지 반성하라

오늘 당신의 생에 대해, 당신의 일에 대해 얼마나 최선을 다했는지 반성하는 기회를 가짐으로써 당신이 내일 새롭게 출발할 수 있는 것이다. 오늘 최선을 다했는지 반성하는 시간을 가져라.

운명을 겁내는 자는 운명에 먹히고, 운명에 부딪치는 사람은 운명이 길을 비킨다. 대담하게 자신의 운명에 부딪쳐! 그러면 물새 등 위에 물이 흘러버리듯 인생의 물결은 가볍게 뒤로 사라진다.   - 비스마르크

0331

당신의 모습을 인정하라

자신의 있는 그대로를 파악해 노력과 끈기로 도전하고 배움과 반성을 통해 보다 나은 미래를 만들어야 한다. 당신이 처한 위치와 상황, 능력 등을 있는 그대로 인정해야 한다.

언제나 바르게 행동하라! 특히 아이들을 대하는 데 있어서 바르게 하라! 아이들과 약속한 것은 꼭 지켜라! 그렇지 않으면 당신은 아이들에게 거짓을 가르치는 것이다.

- 탈무드

April

4

인생을 가장 아름답게 인도하는 힘은 의지력이다.
기둥이 약하면 집이 흔들리는 것처럼 의지가 약하면 생활이 흔들린다.
- 에머슨

긍정적인 생각의 힘

긍정적인 생각을 하는 사람은 어떤 상황에서도 희망의 끈을 놓지 않고, 끊임없이 자기성장을 이루어간다. 그러나 반대로 부정적인 생각으로 가득한 사람은 조그만 어려운 상황이 나타나도 쉽게 포기하고 절망한다. 오늘 당신이 부정적인 생각 속에서 불평과 불만으로 하루를 보냈는지 반성하는 시간을 가져야 한다.

걱정은 출처가 무엇이건 간에 우리를 악화시키는 깃이요, 용기를 앗아가는 것이요, 그리고 인생을 단축시키는 것이다. - 존 랑카스터 스팔딩

당신은 독창적인 존재이다

자신이라는 존재는 이 세상에서 오직 하나뿐인 독창적인 존재인 것이다. 당신이 이 세상에서 어떤 일을 하든 그 일의 결과는 바로 이 세상에서 단 하나의 독창적인 존재인 당신이 독창적인 결과를 이 세상에 창조하고 있다는 것이다.

이 사실을 당신 스스로 깨달아라. 세상의 어떤 사람이 당신을 비난해도 당신은 이 세상에 하나밖에 없는 고귀한 존재라는 사실을 인식하라.

오늘, 자신의 존재를 인식하라.

모든 거짓 중에서 가장 나쁜 것은 자기자신을 속이는 일이다.

- P. J. 베일리

0403

오늘은 내일로 가기 위한 계단이다

당신이 하루를 뒤돌아보며 반성하는 자세를 통해 새롭게 오늘을 출발하는 태도를 지녀야 한다. 그런 태도가 건강한 당신을 만들어간다.

건강은 두려움에 대항해 싸울 수 있는 힘을 주고, 어떤 확증이나 보수 없이도 모험을 걸 수 있게 한다.   - 레오 버스카클리아

0404

오늘 당신은 최선을 다했는가

당신은 오늘 일을 함에 있어서 열의를 다했는지 반성해야 한다. 당신의 어떤 일이든 그 일이 비록 귀찮고 이익이 별로 없는 일일지라도 열의를 가지고 일하다 보면 당신에게 행운을 가져다주는 것이다.

공포는 확신의 부족에서 생긴다. 따라서 비록 능력이 없다 해도 자신의 능력에 대한 절대적인 확신만 있다면 공포로 인한 두려움은 절대 겪지 않을 것이다. 그리하여 아예 능력이 없다는 생각을 갖는 것이 용기의 바탕이 되기도 하는 것이다.　　　　　　　　 - 에릭 호퍼

너무 비관하지 마라

오늘 자신의 결점이 너무 많다고 좌절하지 않았는가? 그러나 부족함과 결점에서 훌륭한 아이디어가 탄생하듯이, 당신이 인간적인 부족함이나 결점을 어떻게 활용하느냐에 따라 당신을 성공으로 이끄는 요소가 될 수 있다. 아무리 어려운 상황에 처해 있더라도 비관하지 마라.

비록 작은 돌이라도 배에 싣지 않으면 물 속에 가라앉지만, 수백 수레 분량의 바위라도 배에 실으면 물 위에 뜨듯 착한 행위는 이 배와 같다.
- 미란타왕문경

일상을 창의적인 행위로 만들라

오늘, 일을 시작하기 전에 마음속으로 이렇게 다짐하라. 난 이 세상에 단 하나밖에 없는 존재이다. 난 내 일을 즐겁게 해낼 수 있는 현명한 사람이다. 난 어떤 일이든 처리할 수 있는 재능을 가지고 있다. 난 남들과는 다르게 일을 처리할 수 있는 창의적인 능력이 있다. 내 일상의 일들은 나 자신은 물론 내 가족 내 주변의 모든 사람들을 위한 축복이다.

살아 있는 동안 위대했던 사람은 죽은 뒤에는 두 배나 위대해진다.

- T. 칼라일

0407

당신 내면의 소리에 귀를 기울여라

당신이 어떤 일을 시작할 때 내면에서 들려오는 소리를 무시하지 마라. 작은 소리일지라도 당신 내면의 소리를 듣기 위해 노력하라. 결국 이 말은 어떤 행동을 할 때 당신의 내면에게 질문을 던지라는 말이다. 그런 질문에 대해 만약 내면이 부정적인 반응을 보내면 그 일에 대해 당신은 주의를 기울여야 한다. 내면의 부정적인 반응이란 바로 당신에게 주의 신호를 보내고 있는 것이다. 그 주의 신호에 따라 일을 조심스럽게 진행시켜라. 그러나 반대로 당신의 내면에서 평안하고 열의에 찬 신호를 보낸다면 당신은 그 일에 대해 최선을 다해 힘차게 진행시켜라.

나는 죽음을 겁내지 않는다. 다만 의무를 다하지 않고 사는 것을 겁낸다.

- 하운드

당신의 미래를 위해 오늘을 보내라

시간이 지나면 이루어지겠지 하는 안이한 생각으로 당신에게 주어진 너무나도 중요한 오늘이라는 시간을 낭비했는지 깊이 생각해야 한다.

미래를 준비하고 그 미래를 위해 당신이 오늘을 어떻게 보냈는지 깊이 생각하라.

남에게 선행을 베풀 때, 그 사람은 스스로에게 최선을 다하고 있는 것이다.
- B. 프랭클린

행복은 어디에 있는가

행복, 그것은 바로 당신의 일상에 늘 숨 쉬고 있으며 당신이 만들어가는 것이다.

가능성의 씨앗이 싹을 틔우지도 못하고 죽어버리는 것이나, 싹을 틔우고 싱싱하게 자라나 푸른 잎과 화사한 꽃을 피우는 것은 모두 자신에게 달려 있는 것이다. 그 가능성의 씨앗이 죽지 않고 또 세상의 잡다한 해충들의 공격으로부터 이길 수 있는 것은 그 씨앗의 주인인 당신이 때를 맞춰 물을 주고 세심한 관심을 기울일 때만 가능하다.

좋은 친구와 좋은 책, 그리고 살아 있는 양심이야말로 가장 이상적인 생활이다.

- 마크 트웨인

당신의 가치를 발견하라

당신의 참가치를 발견하라. 그 발견이야말로 진정한 당신의 모습이다. 그리고 그 발견으로 인해 당신이 삶의 태도를 어떻게 영위할 것이냐에 따라 무한한 자유로움을 가질 수 있다는 것을 당신은 깨닫게 될 것이다.

이미 세워진 권위라도 양심이 허락하지 않으면 의심하라. 남이 나쁘다 해도 그대 마음의 소리가 옳다고 하면 따르라. 그러나 이 원리를 잘못 처리하는 사람들이 있다. 의심하지 않을 것을 의심하고 마땅히 따라야 할 일에 대해서는 교만을 피우고 있다.   - 파스칼

0411

당신의 목표는 완전한 자기이해이다

사랑이든 증오든 당신이 대하는 타인들은 외부로 반영된 당신 내면의 표현인 것이다. 당신이 세상에서 가장 증오하는 것은 당신 내면에서 가장 부정하고 있는 것들이며, 세상에서 가장 사랑하는 것도 당신의 내면에서 가장 원하는 것이다.

당신이 자신에 대해 자기이해를 이루면 당신이 세상에서 가장 원하는 것이 당신의 마음속에 있게 될 것이며, 당신이 세상에서 가장 싫어하는 것은 당신의 마음에서 사라질 것이다.

다름 아닌 자신에게 전력을 다하고 충실하라. 자기를 내버려두고 남의 일에 정신이 팔려 있는 사람은 갈 길을 잃어버린 사람이다.   - 공자

자신과 싸우고 있다는 사실을 인식하라

당신이 어떤 사람이나 대상에 대해 증오하거나 싸우고 있다면 그것은 바로 당신이 자신과 싸우고 있다는 사실을 인식하라. 당신이 그 무엇에 저항하거나 싸우는 것은 결국 자신의 상처에 의해서 생긴 방어적인 반응일 뿐이다. 당신의 어리석은 증오와 싸움을 버려라. 그러면 당신의 나쁜 생활들은 점차적으로 좋게 변할 것이며 병들었던 당신의 몸과 정신도 치유될 것이다.

이 세상에서 제일 중요한 것은 어떻게 하면 내가 정말 나다워질 수 있는가를 아는 것이다.   - 몽테뉴

0413

흑과 백으로 판단하지 마라

실상 판단이라는 것은 그저 있는 그대로인 상황에 옳거나 그르다는 딱지를 붙이는 일에 불과하다. 당신의 마음에 따라 세상의 모든 것들이 이해될 수 있고 용서될 수도 있다. 그러나 당신이 어떤 것을 흑과 백으로 판단하려고 한다면 이해의 문을 닫고 사랑하기를 배우는 과정을 막아버리는 것과 마찬가지이다.

미래는 일하는 사람의 것이다. 권력과 명예도 일하는 사람에게 주어진다. 게으름뱅이의 손에 누가 권력이나 명예를 안겨줄까.　　- C. 힐티

0414

당신의 몸을 건강하게 지켜라

당신의 몸은 당신의 생명을 유지시켜주는 것 이상의 역할을 한다. 당신의 몸은 당신을 발전시키는 가장 중요한 동력 중의 하나인 것이다. 그러한 몸이 독한 음식으로 채워지지 않는 것이 중요하며 또한 악한 감정으로 손상되는 것을 방지해야 한다.

끝없이 전진하기 위해서는 자신이 가치 있다고 믿어야 한다. 그리고 많은 것을 받아들여야 한다. 또한 자신이 큰일을 할 수 있다고 믿어야 한다. 그러면 당신의 계획은 실현될 것이다. — 나폴레옹 힐

0415

내면으로부터 힘을 얻어라

당신의 내면으로부터 두려움을 사랑으로 바꿀 수 있는 진리의 힘을 얻으면 당신은 어떠한 두려움과도 대면할 수 있게 된다. 왜냐하면 내면의 힘은 한낱 과거의 소산인 두려움에 해를 입지 않기 때문이다.

인생의 목적은 끊임없는 전진이다. 밑에는 언덕이 있고 냇물도 있고 진흙도 있다. 걷기 평탄한 길만 있는 게 아니다. 먼 곳을 항해하는 배가 풍파를 만나지 않고 조용히만 갈 수는 없다. 풍파는 언제나 전진하는 자의 벗이다. 차라리 고난 속에 인생의 기쁨이 있다. 풍파 없는 항해, 얼마나 단조로운가! 고난이 심할수록 내 가슴은 뛴다. - F. W. 니체

변화를 꿈꾸어라

자신이 삶에 지치고 무기력해졌다고 느꼈을 때, 스스로 작은 변화라도 꾀해 보자. 삶에 지쳤다고 아무것도 안하고 무기력하게 하루하루를 맞다보면 당신의 삶은 점점 더 지쳐만 갈 것이다.

바라는 것, 가고 싶은 곳, 가지고 싶은 것, 삶을 윤택하게 해줄 수 있는 것…… 이런 것들을 노트에 적다보면 당신의 지친 삶에 점점 활기를 되찾을 수 있을 것이다.

많은 일에 다른 사람은 용서하라. 하지만 자신에 대해서는 조그만 일도 용서하지 말라.
- 푸블리우스

당신의 참모습을 보라

먼저 당신을 돌아보아라. 당신은 자신을 괴롭히는 병들을 끌어안고 아무짝에도 쓸모없는 자기연민으로 남에게 동정을 구걸하기 위해 그 병들을 애지중지하고 있는 것은 아닌가 당신 자신에게 자문해 보아라. 당신의 육체만이 아니다. 당신의 정신 상태도 돌아보아라. 건강한 당신을 만들기 위해서는 당신의 참모습을 올바르게 봐야 한다.

일처럼 사람을 고상하게 만드는 것은 없다. 일을 하지 않으면 인간은 존엄하지 않다. 이에 반해 게으른 사람은 주로 겉으로 보이는 것에만 신경을 쓴다. 겉으로 보이는 것이 없으면 다른 사람들이 자신을 경멸하고 얕잡아본다는 것을 잘 알기 때문이다.   - J. G. 홀린드

0418

당신의 병은 스스로가 만들고 있다

오늘 당신의 모습을 돌아보자. 병으로 고통받고 있다고 하지만 그 병들을 떨쳐버리기 위해 당신은 무슨 일을 했던가? 대부분의 사람들이 고작 병원에 가거나 약을 사먹는 데서 그치고 만다. 그런데 이런 일까지도 게을리하는 사람들이 많이 있다. 결국 병으로 고통받고 있다고 하지만 그 병을 떨쳐버리려 하지 않고 있다. 건강한 당신을 만들기 위해서는 바로 당신이 병을 올바로 보고 그 병을 떨쳐버리려는 마음을 갖는 것이다.

너에게 해를 끼친 사람은 너보다 강하거나 약했다. 그가 너보다 약했으면 그를 용서하고, 그가 너보다 강했으면 너 자신을 용서하라.

- 세네카

해는 또다시 떠오른다

건강한 몸을 만들기 위해서는 마음을 다스려야한다. 건강에 있어 마음의 자세는 중요한 요소이다. 특히 쓸데없는 걱정을 버려야 한다. 걱정은 아주 나쁜 것으로, 당신을 파멸시키는 주요한 요소가된다. 쓸데없는 걱정은 자신의 몸에 숨어 있던 온갖 병들을 일으켜 세운다.

당신의 마음속에 있는 쓸데없는 걱정을 털어버려라. 오늘 흐리다고 해서 내일까지 흐린 것은 아니다. 오늘은 해가 졌지만 내일 아침에 당신 앞에해는 떠오른다.

깊고 무서운 진실을 말하라. 자기가 느낀 바를 표현하는 데 있어 결코
주저하지 말라. 깨닫기만 하고 실천을 안하면 깨달음이 아무 소용없다.
- C. 힐티

증오는 당신을 파멸시킨다

증오는 아주 위험스런 정신 상태다. 증오라는 감정으로 마음을 묶은 채 놓지 않는다면 그것은 틀림없이 당신 몸에 해로운 독을 퍼뜨릴 것이다. 그 독은 당신을 파멸시킬 것이고 그리고 돌이킬 수 없는 무서운 결과를 빚어낼 것이다.

당신이 만약 참으로 '열심히' 산다면 '나중에' 라고 말하지 말고, 지금 당장 이 순간에 해야 할 일을 시작해야 한다.   - 괴테

0421

두려움은 또 다른 두려움을 낳는다

당신의 마음속에 있는 두려움을 버려라. 두려움은 두려움을 낳고 그 두려움은 또 다른 두려움을 낳는다. 또한 그 두려움은 곧 공포로 변하여 당신을 지배하게 될 것이다. 당신의 마음속에 있는 두려움의 감정들을 버려야 한다.

관용 속에는 늘 자부심이 있다. 그대가 굳이 아니라고 하더라도 그렇다고 한 것과 동일한 지반에 서는 것이다. 그러나 만일 그대가 그를 너그럽게 용서한다면 그대는 그의 은인이 되는 것이다. - 게오르그 짐멜

부정적인 감정을 버려라

당신은 당신 마음속에 있는 불안, 탐욕, 불친절,
비난 등이 당신의 몸을 공격한다는 사실을 인식해
야 한다. 당신이 이런 감정을 가지고 있다면 건강
한 몸을 갖기를 바라지 말아야 한다. 부정적인 감
정의 소용돌이 속에서 당신은 건강할 수 없다. 또
마음속에 다른 감정인 자만심, 방종, 욕심 같은 것
들도 불안, 탐욕, 불친절, 비난 등에 비해 다소 덜
하긴 하지만, 그것들도 당신 신체의 질병이나 불편
을 가져온다. 당신의 병은 무엇보다 먼저 당신의
마음에서 시작된다는 사실을 자각하라.

격언을 생각해 낸다는 것은 좋은 행동을 하는 것보다도 훨씬 어려운
일이다.
                                                        - 마크 트웨인

0423

긍정적으로 생각하라

당신은 당신이 생각하는 대로 된다. 사람들의 성질 가운데 중요한 하나는 자신이 생각하는 대로 결과가 나타나는 성질이다. 즉 당신이 생각하지도 않은 결과가 현실에 나타나는 것은 없다. 당신이 의식적이든 무의식적이든 그것에 대해 생각하고 갈망하기에 그것에 대한 결과가 당신에게 나타나는 것이다.

진실은 언제나 우리의 기장 가까운 곳에 있다. 다만 사람들이 그것에 주의하지 않았을 뿐이다. 항상 진실을 찾아야 한다. 진실은 우리를 늘 기다리고 있다.
- 파스칼

0424

평소에 노력하라

당신의 부정적인 생각들이 부정적인 결과를 가져오기 시작한다면 그 결과들을 뒤집기가 어렵다. 그 결과를 뒤집는 것은 예방하는 것의 몇 배의 힘이 들어가기 때문이다. 당신이 그 결과를 뒤집으려면 수많은 노력과 인내와 강렬한 믿음이라는 행동이 필요하다. 부정적인 결과를 치료하려면 특히 강력한 믿음을 가지고 있어야 한다. 믿음은 아주 강력한 힘을 지닌 생각이다.

사람은 부지런하면 생각하고, 생각하면 착한 마음이 일어나는데, 놀면 음탕하고, 음탕하면 착함을 잊으며, 착함을 잊으면 악한 마음이 생긴다.
- 소학

생각은 힘이다

당신은 오늘 깨달아야 한다. 부정적인 생각들을 버리고 긍정적인 생각으로 당신의 머리를 채워야 한다는 것을…… 그리고 당신이 부정적인 생각들을 긍정적인 생각으로 바꾸었다면 이제 그 긍정적인 생각들로 당신의 머릿속을 가득 채워라. 아마도 그 긍정적인 생각들은 조만간 당신에게 많은 긍정적인 결과를 가져오리라.

인생을 가장 아름답게 인도하는 힘은 의지력이다. 기둥이 약하면 집이 흔들리는 것처럼 의지가 약하면 생활이 흔들린다.   - 에머슨

당신의 생각을 조금만 바꾸어라

당신의 부정적인 사고방식을 해결한다면 당신 몸의 문제들도 어느 정도 해결할 수 있다. 그렇게 함으로써 새로운 큰 문제들로 진전되는 것을 막을 수 있을 뿐만 아니라, 당신의 몸에 나타난 건강 문제의 일부를 치료할 수도 있다. 그리고 새로운 문제들이 당신에게 일어나는 걸 예방할 수도 있다.

신속하게 결단을 내리고 행동할 수 있도록 항상 자기훈련에 힘써라.

- 에베렛

정말 중요한 것이 무엇인가

많은 사람들이 정말로 한심한 상황에 놓여 있다. 대부분의 사람들은 정작 중요한 것이 무엇인지 모른 채 살고 있다.

당신 자신의 몸보다는 핸드폰, 컴퓨터…… 그리고 주차장에 세워져 있는 차에 더 신경을 쓰는 한심한 당신의 모습을 보라.

그대에게 죄를 지은 사람이 있거든, 그가 누구이든 그것을 잊어버리고 용서하라. 그때에 그대는 용서한다는 행복을 알 것이다. 우리에게는 남을 책망할 수 있는 권리는 없는 것이다.   - 톨스토이

나는 나를 사랑한다, 그런데

당신은 당신을 사랑한다. 그런데 당신은 사랑에 따르는 책임은 다하지 않으려고 한다. 자신을 사랑한다면 자신을 가꾸어야 하는데도 그렇게 하지 않고 있다.

당신도 그렇지만 대다수의 사람들은 운동보다는 오히려 잠자고 싶어 할 것이다. 그리고 한밤중에 허기를 채우기 위해 몸에 해로운 물질로 위장을 가득 채우며 잠들 것이다. 당신이 당신의 몸에게 무슨 짓을 하든 당신은 전혀 개의치 않는다. 그리하여 당신은 오늘도 병을 만들고 있다. 자신이 느끼고 깨달아야 한다. 결국 당신을 죽이는 것은 바로 당신 자신이었다는 것을!

사람은 행복하기로 마음먹은 만큼 행복하다.　　　　　- A. 링컨

성공의 문을 열려면

어떤 일이든 세상에서 그냥 이루어지는 일은 없
다. 당신의 생각과 노력에 따라 결과가 나타나는
것이다. 성공에 대한 성패도 당신에게 달려 있다.
성공은 당신에게 그냥 다가오는 것이 아니다. 당신
이 평소에 성공에 대한 씨를 뿌리고 노력을 해야만
다가오는 것이다. 성공에 대한 체계적인 전략과 전
술을 가지고 성공을 향해 꾸준히 노력하는 자에게
만 성공의 문은 결국 열리게 되는 것이다.

결단력이 있는 사람에게는 실패가 종종 정상으로 밀어올리는 데 필요
한 결단의 계기가 되기도 한다.
- 디오도어 루빈

당신의 목표를 정해라

희망을 가짐과 동시에 자신의 목표를 정해야 한다. 성공을 바란다면 인생의 목표를 정하고 그것을 향해 나아가야 한다. 구체적인 목표가 있어야 그 목표를 이루기 위한 구체적인 방법이 생기는 것이다. 그리고 자신의 목표에 비추어 자신의 일을 결정하라. 목표를 달성하기 위한 능력을 키우며 자신이 목표를 달성할 수 있다는 자신감을 가져라. 능력과 자신감을 갖추는 사람에게 성공의 문은 열린다.

시업은 처음 시작할 무렵과 목적이 거의 완성될 때가 실패의 위험이
가장 크다. 배는 해변에서 잘 난파된다.   - 베르네

May

5

우둔한 사람의 마음은 입 밖에 있지만,
지혜로운 사람의 입은 그의 마음속에 있다.
- B. 프랭클린

0501

당신의 잠재의식을 활동하게 하라

마음을 열어 놓고 영혼의 창고를 풍부하게 하라. 그리하여 당신이 부딪히고 있는 어떤 문제를 해결하는데 있어 당신 영혼의 창고에서 잠자고 있는 잠재의식을 활용해 문제를 해결함은 물론, 잠자고 있는 잠재의식으로부터 창조적인 아이디어를 끌어낼 수 있다.

여러분은 책 속에서나 또는 그 인생에 있어서 보다 훌륭했던 사람들의 발자취를 살피고 그들이 무엇을 숭배하고 무엇을 소중히 했던가를 배우라. 사람은 첫째 무엇을 숭배하고 존경하느냐에 따라 인품이 결정되는 것이다.
- 데커리

당신의 희망을 크게 잡아라

먼저, 자신의 희망을 크게 가져야 한다. 현재 처한 자신의 상황을 그대로 받아들이지 말고 자신의 희망을 높게, 크게 잡아라. 자신 스스로가 성공 가능성을 평가해 자신이 생각하는 것보다도 더 높은 곳에 희망을 두어라. 희망을 크게 하고 실천은 자신이 할 수 있는 작은 것에서부터 시작하는 것이 성공의 가능성을 크게 하는 것이다. 그리고 미래의 희망은 오늘 현재의 삶을 자신이 어떻게 사느냐에 따라 결과가 나타나는 것, 그렇기에 오늘 당신의 일에 대해 주의를 집중해라.

당신이 자신의 성공을 의심하지 않고, 자신의 희망을 향해 길을 떠난다면 머지않아 성공의 문은 반드시 열리게 될 것이다.

내일 비록 세계 종말이 올지라도 나는 한 그루의 사과나무를 심으리라.
- 스피노자

0503

프로 의식으로 무장하라

당신이 어떤 정신과 자세를 갖고 일을 하는가에 따라 당신과 당신 주변의 발전이 결정되는 것이다. 일에 대한 철저한 책임감과 긍정적인 사고방식, 그리고 자신을 끊임없이 발전시키고자 하는 프로 의식을 지니고 있다면 그것들은 삶을 풍요롭게 만들어줄 것이며 당신이 속한 조직도 발전시킬 것이다. 그리고 자기발전과 변화를 위해 끊임없이 노력하고 공부하라. 당신의 이러한 실천은 머지않아 당신에게 발전과 성공을 가져다줄 것이다.

자신의 약점이나 모자라는 점을 숨기고 감추기보다는 있는 그대로 드러낼 수 있는 용기를 가진 자에게는 결국 길이 열리게 될 것이다.
- 이드리스 샤흐

문제의 핵심을 공략하라

어떤 문제를 생각할 때, 스토리를 세워 생각하고 그리고 그 문제의 핵심을 찔러라. 그리하여 그 어떤 문제에 대해 기승전결에 따라 모든 사실을 연구하고, 당신의 생각을 결정한 후 그 생각의 결과를 테스트하라.

우둔한 사람의 마음은 입 밖에 있지만, 지혜로운 사람의 입은 그의 마음속에 있다.

- B. 프랭클린

0505

당신의 발전을 가져올 수 있는 것

진정한 당신을 만들 수 있는 것을 당신 스스로가 선택하라. 앞으로 성장할 수 있는 것, 당신이 성공하는데 있어 밑거름이 될 만한 것을 스스로 찾아 나서라.

진실로 마음을 만족시키는 행복은 우리들의 온갖 능력을 힘껏 행사하는 데에 있다. 또 우리들이 살고 있는 세계가 완성되는 데서 생기는 것이다. 그러나 진정한 행복을 바라거든 무엇보다도 먼저 만사에 허욕을 부리지 말아야 할 것이다.
- B. 러셀

0506

당신의 문제는 스스로 해결하라

당신에게 닥친 세상 모든 문제의 시작이나 끝은 운명의 주인인 자신이 해결하고 극복할 수밖에 없다. 성공을 원한다면 문제를 스스로 해결하고 극복해 나가면서 당신의 독특한 재능을 만들어 나가라. 그것이 바로 성공과 발전을 가져올 것이다.

명예를 추구하는 사람은 다른 사람들의 행위 속에서 자신의 행복을 찾으며, 쾌락을 추구하는 사람은 자기자신의 감각 속에서 행복을 찾는다. 그러나 지혜로운 사람은 자신의 행위 속에서 행복을 찾는다.
- M. 아우렐리우스

0507

당신의 마음을 조종하라

당신이 타고 있는 배의 선장은 바로 당신이다. 당신의 생명과 행복, 그리고 성공이 달려 있는 당신이라는 배를 타인의 손에 맡길 수는 없는 것이다. 당신 마음의 항해사는 바로 당신인 것이다. 당신은 당신의 마음을 조종할 수 있다.

그릇이 큰 사람은 남에게 호의와 친절을 베푸는 것을 자신의 기쁨으로 삼는다. 그리고 자신이 남에게 의지하고 남의 호의를 받은 것을 부끄럽게 생각한다. 즉, 내가 남에게 베푸는 친절은 그만큼 자신이 그 사람보다 낫다는 얘기가 되지만, 남의 친절을 바라고 남의 호의를 받는 것은 그만큼 내가 그 사람보다 못 하다는 의미가 되는 까닭이다.

- 아리스토텔레스

창의적인 아이디어를 키워라

늘 참신한 아이디어를 개발하는 데 노력하라. 앞으로의 세상은 창의력을 가진 사람들이 성공하는 세상이다. 자기의 창의력을 개발하지 못하고 과거의 방법을 계속해서 답습한다면 그 사람은 정체하게 될 것이고 발전은커녕 점점 더 퇴보하게 될 것이다.

많이 배웠다고 뽐내는 것은 지식이요, 더 이상 모른다고 겸손해 하는 것은 지혜이다.
- 윌리엄 쿠퍼

여가 시간에 당신을 개선하라

성공하는 사람이나 실패하는 사람, 부자나 가난한 사람에게 주어진 시간은 똑같다. 그러면 그들의 차이는 어디에 있는가? 다른 요인들도 많이 있겠지만 가장 큰 것은 여가를 보내는 방법이 다르다는 점이다. 그저 노는데 여가를 보낸 사람들은 발전이 없다. 여가란 휴식을 취하면서 자기가 발전할 수 있는 계기를 마련하는 것에 가장 큰 의미가 있는 것이다.

다른 사람에게서 사랑을 바라는 생활은 위험하다. 그 사람이 스스로 충만되어서 나에게서 떠난다고 해도 그 사람을 위해 기도드릴 각오 없이 사랑한다는 것은 처음부터 잘못된 일이다.   - 헤르만 헤세

당신의 시간을 관리하라

시간은 누구에게나 일정하게 정해져 있다. 그러나 그 시간을 어떻게 관리해 쓰느냐에 따라 당신의 하루가 달라지고 한 달이 달라지며 결국은 다른 사람들과 평생이 달라지게 되는 것이다.

노력하지 않고 얻어지는 지식은 아무리 많아도 무익한 것이다. 그러한 박식함은 열매를 맺지 못하는 무성한 잎에 불과하다. 그러나 자기자신의 힘으로 얻은 지식은 머릿속에 자취를 남기는 법이다. 우리는 그 지식에 의해서 우리가 처세하여 갈 길을 알 수 있게 된다.

- 리히텐베르크

문제는 정면으로 돌파하라

결국 어떤 문제가 생겼을 때 그 문제를 피하지
않고 정면으로 부딪치려는 마음가짐이 그 문제를
해결할 수 있는 것이다.

요즘 세상에는 거짓말을 해도 상관없고, 꾀가 많아야 잘살고 출세한다
고 생각하는 사람들이 많다. 여기 백 장 묶음의 종이 뭉치에서 한 장을
빼내면 모를 것 같지만, 세어보면 어디까지나 아흔아홉 장이지 백 장
은 아니다. 결국 거짓말을 한다는 것은 사실 앞에서는 무모한 일임을
깨달아야 한다.
                                                              - D. 카네기

폭넓게 교제하라

일을 진행할 때, 상대의 입장에 서서 일을 진행하라. 당신에게 있는 일부 권한을 이양하고 그리고 상대를 기획에 참여시켜라. 그러면 상대를 당신 편으로 만들 수 있다. 그리고 당신은 상대의 언행을 선의로 받아들이고 상대를 크게 칭찬하라. 당신이 그런 행동을 함으로써 상대는 당신에게 더 큰 것을 돌려준다.

시간만큼 낭비하기 쉬운 것도 없으며, 시간만큼 귀중한 것도 없다. 이것이 없다면 우리들은 이 세상에서 아무런 일도 할 수가 없을 것이니까.

- 윌리엄 펜

0513

가장 중요한 것은 실천이다

아이디어와 기획이 뛰어나고, 돈이 있다 하더라도 만약 당신이 실천력이 없다면 대부분의 좋은 아이디어와 기획은 파도에 휩쓸려 가는 모래성과 같을 것이다.

인생에서 성공하자면 겉으로는 바보처럼 보여질지라도, 내면에는 실속을 챙겨두지 않으면 안 된다는 것을 나는 늘 어디서든 관찰하고 있다.

- 몽테스키외

말하는 기술을 익혀라

말하는 기술을 익혀라. 당신의 개성 있는 말하는 기술은 성공 비결 중의 하나이다. 그러나 말하는 기술만 너무 화려하고 지나치면 도리어 역효과가 난다는 사실을 알아야 한다. 말만 그럴듯하게 하는 것이 아니라 그 말에 수반되는 책임을 다했을 때 비로소 말하는 기술은 당신의 강력한 무기가 되는 것이다. 말에 대한 행동을 실천하기 위해 노력하라. 훌륭한 화술을 터득한다는 것은 말하기보다는 남의 말을 잘 듣는 것이다. 그리고 말하는 기술 중에 가장 중요한 것은 상대방의 감정을 읽어내는 것이다. 상대의 감정을 배려한 말하기가 훌륭한 화술의 하나인 것이다.

우리가 처한 환경이란 생각보다 심술궂다. 우리가 꼭 그렇게 주장한다면 오히려 반대되는 결말을 초래할지도 모른다.   - 앤드류 매튜스

집중력을 발휘하라

당신이 어떤 일을 함에 있어서 집중력을 발휘할 수 없다면 그 일의 결과는 지지부진하거나 좋은 결과를 가져올 수 없을 것이다. 똑같은 일을 똑같은 시간에 해도 개인마다 왜 차이가 나는 것일까? 그것은 바로 집중력의 차이에서 오는 것이다. 일을 함에 있어서 집중력을 발휘할 수 없다면 아마도 성공과 발전은 기대하기 어려울 것이다.

타인을 무시한 자기만족은 초라한 자기위안일 뿐이다. 타인이 하는 말에 귀를 기울여라. 자신의 목소리만 듣는 사람은 매우 어리석은 사람이다.
- 그라시안

0516

창의력을 지닌 사람이 되라

단점을 억지로 숨길 필요는 없다. 창의적인 아이디어란 당신이 그 단점을 해결하려는 노력에서 생겨나는 것이다. 그리고 아이디어를 얻을 수 있는 장소를 만들어라. 당신의 생각을 집중할 수 있는 곳, 그곳을 통해 당신 생각의 집중력을 높여라.

또한 사실을 근거로 한 창의적인 아이디어를 가질 수 있도록 당신의 능력을 향상시켜라.

누군가가 거짓말을 하고 있다고 의심이 가면 그냥 믿는 체하는 것이 좋다. 그러면 더욱 대담해져서 더욱 심한 거짓말을 하여 정체를 폭로한다.   - 쇼펜하우어

당신이 일을 하려 할 때

어떤 일을 함에 있어서 강력한 목적의식을 가져야 한다. 강렬한 목적의식이 강렬한 실천을 불러오는 것이다.

일을 함에 있어 실패를 두려워하지 말라. 실패를 두려워한다는 것은 실천을 망설이게 하거나 포기하게 만드는 결과를 가져온다. 할 수 있다는 강한 자신감을 가지고 일을 실천하라. 자신감은 빠른 결단을 내릴 수 있게 하고 일의 추진을 힘 있게 할 수 있는 원동력이 된다.

실패는 유한하지만 가능성은 무한한 것이라는, 가능성을 믿는 낙관적인 힘으로 인간은 발전하는 것이다.   - 탈무드

당신이 지도자가 되려 할 때

성공하는 사람이 되기를 원한다면 남을 이끄는 힘을 지녀야 한다. 공과 사를 구별할 줄 아는 사람이 되어야 하고 조직 안에 발생하는 어떤 일에 대해서든 책임감을 갖는 자세를 갖추어야 한다.

주위에 있는 사람들에게 덕망을 얻지 못하면 성공할 수 없다. 덕망은 사람을 끌어당기는 매력을 가지고 있다. 지도자가 되고 싶다면 먼저 덕망을 쌓아라. 또한 지도자는 남과 나눌 줄 알아야 하며, 주어진 상황을 정확히 판단하고 이에 맞추어 일을 추진할 줄 아는 사람이어야 한다.

모든 위대한 사람들의 발자취를 보라. 그들이 걸어온 길은 고난의 길이며 자기희생의 길이었다. 자기를 희생할 줄 아는 사람만이 위대해질 수 있다.
- G. E. 레싱

기회를 잡아라

밖으로 나가라. 나가서 기회를 잡아라. 집안에 처박혀서 아무런 일도 하지 않는다면 어떠한 기회도 올 수 없는 것이다. 지금 밖으로 나가서 공중에 떠다니고 있는 기회를 당신의 기회로 만들어라. 위기를 회피하지 말라. 기회란 위기와 같이 오는 법, 만약 위기가 당신에게 닥쳤다 해도 정면으로 받아들여라. 평소에 위기에 대비하고 그 위기를 기회로 만들 수 있는 힘을 당신 스스로가 비축하라. 결국 당신은 성공의 흐름 속에 있을 것이다.

소심하고 용기가 없는 인간에 있어서는 일체의 일이 불가능한 것이다. 왜냐하면, 일체가 불가능하게 보이기 때문인 것이다.   - 스코트

0520

봉사하는 사람이 되어라

다른 사람들의 필요에 봉사할 줄 아는 사람이 되라. 타인의 필요를 채울 수 있도록 당신의 생각을 말하고 상대의 이익을 강조하라. 당신이 타인의 필요를 채워줄 수 있다면 타인은 당신을 신뢰하게 될 것이다. 당신은 당신이 만들어 나가는 것이다. 이런 사실을 깨닫고 능력을 향상하는데 부단한 노력을 기울여라.

내가 소유하지 않은 것을 소유하고 있다고 생각하는 망상에 빠지지 말고, 내가 소유하고 있는 것들 중에서 가장 은혜로운 것을 생각하라. 또한 나에게 그것들이 없었다면 나는 얼마나 그것을 갈망했을 것인가를 생각해 보고 감사하게 여겨라. 그리고 어떤 이유로 그것을 불시에 잃어버리는 불행을 당하더라도 마음의 평정을 잃지 않도록 주의하라.

- M. 아우렐리우스

0521

당신의 자리에서 다시 출발하라

지금 다시 출발하라. 자신의 자리에서 멍하니 멈춰 있지는 말라. 그냥 고여 있는 물은 시간이 지나면 썩기 마련이다. 자신이 세상에서 멈춰 있다는 것은 바로 퇴보를 의미하는 것이다. 다시 출발하라. 자신이 서 있는 바로 그 자리에서.

그대는 다른 사람을 질투하고 복수하려고 할 것이다. 그러나 그 사람이 내일이면 죽는다고 가정해 보라. 그 사람에 대한 당신의 나쁜 감정은 씻은 듯이 사라져버리고 말 것이다. 병, 영락, 환멸, 파산, 친구와의 이별, 이런 모든 것은 처음에는 다시 찾을 수 없는 손실이라 생각한다. 그러나 때가 지남에 따라 이런 손실 속에 깊이 숨어 있는 회복력이 나타나기 시작하는 것이다. 참된 삶을 맛보지 못한 자만이 죽음을 두려워하는 것이다.

- 메어

능력이란 자신을 믿는 것이다

능력이란 스스로가 자신을 믿는 결과의 산물인 것이다. 그 믿음을 통해 신념이 생겨나고 신념에 따라 노력하고 다시 노력으로 전진하게 된다. 그러다 보면 당신은 세상과 일에 대해 자신감도 생기고 또 능력이 생기게 되는 것이다. 오늘 자신을 믿고 자신 있게 행동하면 당신의 능력은 크게 향상되리라.

궁핍한 사람에게 필요한 약은 오직 희망이며, 부유한 사람에게 필요한 약은 오직 근면뿐이다.   - 셰익스피어

문제의식을 가져라

지금의 어떤 현상에 대해 만족한다면 그 현상에 대해 더 이상의 발전이란 있을 수 없는 것이다. 그 현상에 문제의식을 가질 때 그 현상을 발전시킬 수 있는 것이다.

하늘과 땅은 자신만을 위해서 존재하지 않기 때문에 영원하다. 이와 마찬가지로 진실로 거룩한 사람은 자신만을 위하여 살지 않는다. 따라서 그는 영원할 것이며 어떤 것이든 이룰 수 있다.   - 노자

삶의 설계도를 작성하라

삶의 설계도를 작성하라. 만약 자신에게 미래에 대한 설계가 없다면 어느 순간 자신에게 시련이 닥쳤을 때 당신은 결국 무기력하게 될 것이다. 그리고 삶의 바다에서 방황만 하다가 좌초하고 말 것이다.

삶의 설계도를 만들었다면 이제 도착지에 도착하기 위한 구체적인 계획표를 만들어라. 작심삼일일지라도 없는 것보다는 있는 것이 훨씬 낫기에 새로운 계획을 세우고 실천하라.

한 개의 촛불로 많은 초에 불을 붙여도 처음 촛불의 빛은 약해지지 않는다.
- 탈무드

신념을 세우고 삶을 향해하라

신념을 세우고 삶의 바다를 항해하라. 세상을 살면서 신념을 가져라. 이 세상을 사는 대부분의 사람들은 신념과 더불어 젊어지고 두려움과 더불어 늙어가는 존재다. 신념은 사람을 강하게 만들고 반대로 두려움이나 의심은 사람의 활력을 마비시키고 사람을 늙게 만든다. 자신의 신념을 믿는다면 틀림없이 발전할 것이다. 그러나 신념이 없이 삶을 사는 것은 항로도 없이 바다로 나가는 배처럼 암초를 만나 난파하게 되는 것과 같다.

내가 세계를 알게 된 것은 책에 의해서였다.

— 사르트르

삶을 장기적인 안목에서 바라보라

삶을 장기적인 안목에서 바라보라. 단기적으로만 보고 너무 조급해 하지 말라. 자신이 지금 남보다 조금 뒤떨어져 있다고 해서 실망할 필요는 없다. 자신 스스로가 목표를 세우고 그 길을 꾸준히 걷다보면 목표는 이루어진다. 결국 삶이란 짧은 기간에 승부를 내는 100미터 단거리 경주가 아니라 긴 시간에 걸쳐서 승부를 내는 마라톤이다.

다리를 움직이지 않고는 좁은 도랑도 건널 수 없다. 소원과 목적은 있으되 노력이 따르지 않으면 아무리 환경이 좋아도 소용이 없다. 비록 재주가 뛰어나지 못하더라도 꾸준히 노력하는 사람은 반드시 성공을 거두게 된다.
- 알랭

기획력을 향상시켜라

기획이란 당신이 어떤 일을 함에 있어서 그 일을 사랑하는 마음이다. 당신은 이 사실을 깨달아야 한다. 결국 당신에 대한 자신감과 일에 대한 집착력이 좋은 기획을 낳게 되는 것이다.

기획력을 향상시키고 늘 참신한 기획을 세우기 위해 노력하는 자세를 습관화하라.

배우지 않은 자의 슬픔이여! 이것은 게으름뱅이의 자기변명이다. 그렇다면 공부를 하라. 공부를 했으니까 이제는 공부를 하지 않는다는 말도 우스꽝스러운 말이다.　　　　　　　　　　　　　　　- 알랭

관찰력을 길러라

세상을 보는 힘, 당신의 관찰력을 길러라. 관찰력이 뛰어나거나 세상의 사물을 유심히 보는 사람들에게 성공의 기회가 다른 사람들보다는 많이 찾아오는 법이다. 바로 이 세상에 존재하는 사물이나 사람들에게서 발전과 성공의 열쇠가 있는 것이다.

가정은 대리석으로 된 방바닥과 금을 박아넣은 벽이 만드는 것이 아니다. 어느 집이든지 사랑과 우애가 깃든 집이 행복한 가정이다.

- A. 반다이크

일을 억지로 하지 마라

당신이 일을 하는 모습, 그 안에는 당신의 '내일'이라는 존재가 숨 쉬고 있는 것이다. 하기 싫은 일을 억지로 하면서 뒤에서 어슬렁거리는 바보 같은 짓은 하지 말라.

선행은 절대로 사라지지 않는다. 예절을 뿌리는 자는 우정을 거둔다. 친절을 심는 자는 사랑을 추수한다. 감사할 줄 아는 마음에 즐거움을 심는 것은 절대로 헛수고가 아니다. 왜냐하면 일반적으로 말해서, 감사를 심으면 틀림없이 보상을 얻게 되기 때문이다.   - 성 바실

0530

당신이 해야 할 일을 정리해 보아라

당신이 해야 할 일들에 대해 정리해 보아라. 자신의 일은 그 누구도 대신해 주지 않고 해줄 수도 없는 것이다. 삶을 자신의 뜻대로 살기 위해서 해야 될 일들이 무엇이며 그 일을 이루기 위해 자신은 어떻게 할 것인가에 대해 생각하라.

그리고 스스로 정리해 보자. 당신이 해야 할 일 중에서 지금 바로 해야 할 일, 5년 안에 해야 할 일, 10년 안에 해야 할 일, 평생을 두고 해야 할 일에 대해 정리해 보자.

사람이 태어나서 배우지 않으면, 어두운 밤길을 가는 것과 같다.

- 강태공

당신에게 필요한 성공 요인은

지금 당신을 성공으로 이끌 요인은 무엇인지 정리해 보자. 그리고 당신이 가지고 있는 것을 적어 보고, 부족한 것을 체크해 보자. 이런 과정을 거친다면 당신이 가진 성공의 무기와 당신에게 부족한 성공 요인이 무엇이지 알 수 있게 될 것이다.

어떻게 살아야 옳고 훌륭한 삶인가 말하는 것도 물론 중요하지만 그것을 실천하는 것이 더욱 중요하다. — 탈무드

June

6

뜨거운 가마 속에서 구워낸 도자기는 결코 빛이 바래는 일이 없다.
이와 마찬가지로 고난의 아픔에 단련된 사람의 인격은
영원히 변하지 않는다.
안락은 악마를 만들고 고난은 사람을 만드는 법이다.
- 쿠노 피셔

앞으로 나아가라

지나간 일에 대한 후회도 미래에 대한 두려움도 버려라. 당신에게 주어진 시간이란 오늘밖에 없는 것이다. 스스로가 더 즐겁고 더 활기차게 오늘을 산다면 당신의 진정한 삶은 오늘부터 시작되리라.

당신의 삶은 이제부터 시작이다. 앞으로 나아가는 것을 방해하는 과거의 후회와 불안도, 오늘의 긴장도, 내일의 두려움도 버려라. 오직 오늘 현명한 머리와 평화로운 마음으로 당신의 문제들을 이해하고 해결해 나아가라.

맹목적인 모성애 때문에 파멸한 인간은 위험한 소아병으로 파멸한 인간보다 많다.
- 오크라이크너

결단은 빠르고 정확하게 내려라

지금 하고 싶은 일에 대해 결단을 내리고 그것을 행동으로 실천하는 작업에 들어가라. 다시 한 번 말하지만 결단을 내려야 할 때 결단을 내릴 수 있는 사람만이 발전과 성공의 길로 접어들 수 있는 것이다. 빠르고 정확한 결단을 내릴 수 있도록 자신을 훈련하라.

인간이 원하는 것은 욕망의 충족이다. 인간은 모름지기 자기의 욕망을 신성하게 충족시킬 수 있어야 한다고 나는 생각한다.   - 로렌스

세상의 변화에 눈을 떠라

눈을 떠라. 지금 변화하는 세상을 정확하게 볼 수 있는 눈을 떠라.

눈을 떠라. 지금 세상에서 벌어지고 있는 변화는 중요한 정보다. 정보를 찾을 수 있는 눈을 떠라.

나는 꿈과 소망이 없는 자들 사이에서 군주가 되기보다는, 실현시킬 포부를 지닌 가장 미천한 자들 사이에서 꿈을 꾸는 사람이 되는 쪽을 선택하리라.
- 칼릴 지브란

반성을 통해 내일을 계획하라

후회보다는 자기반성과 자기검토를 하라. 그리하여 삶을 살아가는 데 있어 힘쓰고 노력하라. 하루에 한 번쯤은 엄숙한 마음으로 진지한 자기반성과 자기검토의 시간을 가진다면 삶은 발전을 위한 큰 걸음을 내딛게 될 것이다.

후회보다는 반성을 통해 내일을 계획하라. 당신은 지금도 후회하고 있는가? 후회라는 것은 되도록 하지 않는 것이 좋다. 후회보다는 반성을 통해 내일을 설계할 수 있는 것이 세상을 사는 데 훨씬 유익한 일이다.

모든 행동에는 적절한 때가 있는 법이다.　　　　　　－ 그라시안

0605

실패를 두려워하지 마라

실패를 두려워하지 마라. 당신이 아무것도 하지 않고 삶을 실패하느니 차라리 이것저것 도전해 보고 실패도 해보고, 그 실패를 바탕으로 성공도 해보는 그런 사람이 되기를 바란다.

오늘, 실패를 걱정하지 말고 다시 세상에 도전하라.

산다는 것이 귀찮다고 실망하지 말라. 모든 사람들이 어깨에 짊어지고 온 세상에 대한 무거운 짐은 각자 스스로의 사명을 완수하는 데 있다. 당신에게 지워진 일을 완수했을 때에만 그 무거운 짐은 없어질 것이다.
- 에머슨

0606

실패도 값진 경험이다

　실패했다고 절망하지 말라. 실패를 중요하게 생각하는 것은 물론 하나의 자산으로서 당신의 실패 사례를 분석하고 관리하라. 실패를 분석하고 관리하면 그 안에서 성공과 발전의 실마리를 찾을 수 있고 같은 실패를 반복하지 않을 수 있다.

자신이 할 수 없다고 생각하고 있는 동안은 그것을 하기 싫다고 다짐하고 있는 것이다. 그러므로 그것은 실행되지 않는 것이다. - 스피노자

위기란 기회의 또 다른 모습이다

위기란 기회의 다른 모습일 뿐이다. 누구든지 자기에게 다가온 기회를 살리고 싶어한다. 그러나 실상 기회가 왔지만 그것이 기회인지 제대로 인식하지 못해 그냥 놓쳐버릴 때가 많다. 기회라는 것은 종종 하나의 위기로 다가온다. 그렇기에 많은 사람들은 기회가 찾아왔어도 고민만 하다가 놓쳐버리는 경우가 많다. 당신도 돌이켜보면 당신에게 기회가 왔지만 그것이 기회인지도 모른 채 그냥 흘려보내고 기회를 위기로만 인식해 기회를 사장시켜 버린 적이 종종 있을 것이다. 당신에게 위기가 찾아왔을 때 절망만 하지 말고 그 위기가 기회의 다른 모습인가를 살펴보는 지혜로움이 필요한 세상이다.

아침에 눈을 뜨면 무엇보다도 먼저 '오늘은 한 사람에게만이라도 기쁨을 주어야겠다.'는 생각으로 하루를 시작하라.
- F. W. 니체

당신의 공동체에 책임을 다하라

당신이 몸담고 있는 공동체에 대해 책임을 다하라. 당신이 책임과 신념을 가졌을 때 그 공동체는 발전할 수 있으며 그 속에 몸담고 있는 당신도 발전할 수 있는 것이다.

일생의 계획은 어린 시절에 달려 있고, 일 년의 계획은 봄에 있으며, 하루의 계획은 새벽에 달려 있다. 어려서 배우지 않으면 늙어서 아는 것이 없고, 봄에 밭을 갈지 않으면 가을에 바랄 것이 없으며, 새벽에 일어나지 않으면 할 일이 없게 된다.
- 공자

시련으로부터 도망치지 마라

시련으로부터 도망치지 마라. 당신에게 시련이
닥쳤을 때 당신은 그 시련을 기꺼이 받아들여야 한
다. 받아들이지 않고 도피만 한다면 그 어떤 일도
해결할 수 없고 이루어질 수 없다. 당신이 시련을
받아들여 그 시련을 극복할 때에만 삶의 열매가 열
리는 것이고 당신의 삶에 의미가 생겨나는 것이다.

기쁨은 자연을 움직이게 하는 강한 용수철, 이 기쁨이야말로 대우주
시계 장치의 수레바퀴를 돌리는 것이다.   - 실러

인내하라, 인내의 열매는 달다

지금 당장 이루어지지 않는다고 포기한다면 그 일은 절대 이룰 수 없다. 인내하라, 인내의 열매는 달다. 뜻한 일을 이루기 위해서는 여러 난관에 부딪히더라도 인내심을 가지고 차근차근 해나가면 언젠가는 원하는 것을 이룰 수 있으리라.

무엇인가 큰 계획을 실행하려고 할 때, 옆에서 이러쿵저러쿵 말을 하는 사람이 있어도 상관하지 말라. '아무래도 안 되겠다.' 라는 것이 그들의 말이다. 그들이 그렇게 말할 때, 바로 그때야말로 노력해야 할 최선의 때인 것이다.
- 칼빈 크리지

갖고 싶은 것들을
당신 것으로 만들라

가지고 싶다는 마음만으로는 가질 수가 없다. 그것을 갖기 위해 계획을 세우고 실천해야만 얻을 수 있는 것이다. 당신이 진정으로 그것을 가지고 싶다면 손에 넣기 위한 구체적인 방법을 마련해야 한다.

인간이 인간다워질 수 있는 힘은 그 재능이나 이해력에 있는 것이 아니라, 의지력이다. 제아무리 재능과 이해력이 뛰어나고 풍부해도 실천력이 없다면 아무런 효과도 거둘 수 없기 때문이다. 인간의 의지력이 그 운명을 결정한다.

- 에머슨

평생 즐길 수 있는 일을 찾아라

가장 행복한 삶을 꾸리는 것은 자신이 온몸을 내던져 일할 수 있는 의미 있는 일을 찾아내어 평생 즐기면서 그 일은 하는 것이리라. 늦지 않았다, 지금이라도 찾아보라.

그대를 괴롭히고 슬프게 하는 일들을 하나의 시련이라고 생각하라. 쇠는 불에 달구어야 강해진다. 그대도 지금 당하고 있는 시련을 통해서 더욱 마음이 굳세질 것이다.　　　　　　　　　　　- M. 아우렐리우스

뜻을 세우고 실천하라

뜻을 세우고 실천하라. 큰 뜻을 세우고 실천 가능한 것들부터 실천해 나간다면 그 뜻은 이루어진다. 오늘 뜻을 세우고 실천할 수 있는 작은 것부터 일을 시작하라.

뜻을 세우고 실천해 나아가는 데 있어 그 단계마다 원래의 뜻을 확인하고 잊지 말라. 원래의 뜻이 어느 순간 변질되어 원하던 목표는 상실하고 목표를 이루기 위한 수단이 목표가 되어 당신의 삶을 망치고 있는 것이 아닌지 확인하라.

인생에서 만족을 찾느냐 못 찾느냐는 지난 세월의 이야기가 아니라 의지에 달려 있다.

- 몽테뉴

세상을 생각하라

당신이 진정으로 이 세상에서 행복하고 잘살기를 바란다면 세상을 생각하라. 그리고 이웃을 생각하라. 이 세상은 당신 혼자만 사는 세상이 아니다. 네가 있고 내가 있고 우리가 사는 세상이다.

뜨거운 가마 속에서 구워낸 도자기는 결코 빛이 바래는 일이 없다. 이와 마찬가지로 고난의 아픔에 단련된 사람의 인격은 영원히 변하지 않는다. 안락은 악마를 만들고 고난은 사람을 만드는 법이다.

- 쿠노 피셔

0615

앞을 향해 나아가라

당신의 능력이 뛰어나고 지식이 많다고 해도, 그것을 믿고 제자리에 머문다면 그것은 곧 퇴보이다. 당신이 멈춰 있을 때 다른 사람과 이 세상은 멈춰 있지 않는다.

오늘, 앞을 향해 나아가라. 당신이 지금 멈춰 있다면 그것은 바로 당신의 퇴보를 의미한다.

모든 소문은 위험하다. 좋은 소문은 질투를 낳고 나쁜 소문은 치욕을 가져온다.
- 토마스 풀러

한계를 극복하라

자신이 세운 삶의 목표는 자신의 삶을 결정하는 것이다. 목표를 세웠다면 그 목표에 도달하기 위해 열정을 불태우고 한계를 극복하라. 그런 노력이 없다면 목표에 도달할 수 없는 것이다. 이런 과정은 자신을 더욱 강하게 만들어줄 것이다.

그대들의 직업이 무엇이든 개의치 않는다. 그러나 무슨 일을 하든 제일인자가 되라. 설혹 하수도 인부가 되는 한이 있어도 세계 제일의 하수도 인부가 되라.

- J. F. 케네디

하나에서 먼저 성공하라

대부분의 사람들은 한꺼번에 많은 성공을 바라지만 여러 마리의 토끼를 한꺼번에 쫓는다면 다 놓칠 가능성이 높은 것이다. 먼저 하나에서 성공하는 것이 중요하다. 성공의 시너지(Synergy) 효과를 활용하면 둘, 셋의 성공은 하나의 성공보다는 쉽게 이루어질 수 있다.

한 잔은 사람이 술을 마시고, 두 잔은 술이 술을 마시고, 세 잔은 술이 사람을 마신다.
                                                                    - 법화경

앞으로 나아가라

당신이 지금 이 세상의 진흙탕에서 뒹굴고 있을
지라도 내일을 꿈꾸면서 그 진흙탕에서 걸어 나와
라. 당장 힘이 부친다면 기어서라도 나와라. 그래
도 힘들면 잠시 쉬었다가 다시 시도하라.

하늘에 제사 지내고 사당에 제사 지낼 때, 술이 아니면 받지를 않는다.
임금과 신하, 벗과 벗 사이에도 술이 아니면 권하지 못한다. 그러므로
술에는 성공도 있고 실패도 있으니 함부로 마셔서는 안 된다.   - 사기

퇴화된 날개로는
하늘을 날지 못한다

퇴화된 날개로는 하늘을 날지 못한다. 당신이 이 세상을 살아가면서 무수히 많은 실패를 경험한다 할지라고 당신은 비상하기 위한 연습을 계속해야 한다. 그래야만 당신에게 기회가 왔을 때 힘차게 하늘을 날 수 있는 것이다.

남의 위치만 부러워하지 말고 당신 삶에 대한 준비를 꾸준히 하는 것이 무엇보다도 중요하다.

너는 두 개의 손과 한 개의 입을 가지고 있다. 그 뜻을 잘 생각해 보라.
두 개는 노동을 위하여 한 개는 식사를 위하여 있는 것이다.   - 류카트

슬픔에 매몰되지는 말라

때때로 슬픔도 힘이 된다. 그러나 슬픔의 감정을
조절하는 것도 필요하다. 슬픔을 느끼는 것은 아주
소중하고 중요한 것이지만 그 감정들이 자신을 지
배하는 것은 경계해야 한다.

몹시 좌절될 것같이 여겨지는 사건이 전화위복으로 그 사람의 인생에
최대의 분기점이 되는 경우가 있다. 전화위복의 기회는 항상 있다.

- 디오도어 루빈

당신이 가난하다고?

당신이 가난하다고? 그럼 한 번 가지고 있는 것들을 기록해 보아라. 눈에 보이는 것들만이 재산이 아니다. 우리에게 중요한 것은 눈에 보이는 재산보다는 눈에 보이지 않는 것들이다. 눈에 보이지 않는 재산에 중점을 두어 적어보아라.

당신의 재산들을 적다보면 당신의 입가에는 웃음이 흘러나올 것이다. '내가 이렇게 많이 가지고 있었나?'

인생은 평화와 행복만으로는 지속될 수 없다. 고통과 노력이 필요하다. 고통을 두려워하지 말고 슬퍼하지 말라. 참고 인내하면서 노력해 가는 것이 인생이다. 희망은 언제나 고통의 언덕 너머에서 기다린다.

- 맨스필드

0622

건강에 투자하라

아무리 뛰어난 사람이라도 건강에 이상이 생기면 자기의 능력을 다 발휘할 수 없게 된다. 당신은 한 가정의 가장으로서 그리고 사회의 한 부분을 책임지는 사람으로서 건강을 지키는 것에 대해 소홀하면 안 된다. 건강을 지키는 것은 이 세상을 사는 당신이 살아 있는 날까지의 의무 중 하나이다.

사람들은 행복을 찾아 세상을 헤맨다. 그런데 행복은 누구의 손에든지 잡힐 곳에 있다. 그러나 마음속에 만족을 얻지 않으면 행복을 얻을 수 없다.
- 호라티우스

스트레스를 이겨라

스트레스를 이겨라. 세상을 살면서 당신에게 아주 해로운 것 중의 하나가 바로 스트레스이다. 적당한 자극은 당신의 발전을 위해 필요한 것이지만 그것이 도가 지나쳐 당신을 파괴하는 스트레스가 된다면 크나큰 손실을 가져올 것이다.

행복이란 스스로 만족하는 점에 있다. 남보다 나은 점에서 행복을 구한다면, 영원히 행복하지 못할 것이다. 왜냐하면 누구든지 남보다 한두 가지 나은 점은 있지만, 열 가지 전부가 남보다 뛰어날 수는 없기 때문이다. 그렇기 때문에 행복이란 남과 비교해서 찾을 것이 아니라, 스스로 만족할 수 있는 것이 중요하다.
- 알랭

당신의 좌우명을 만들라

지금 적어라. 자기의 인생을 자신의 힘대로 살 수 있는 한 마디의 말을, 즉 자기의 좌우명을 적어라. 좌우명이 없다면 지금이라도 만들라. 그리고 하루에 한 번쯤은 당신이 적은 좌우명을 읽어보는 습관을 가져라.

지금은 아무것도 아닌 것처럼 느껴지지만 당신이 인생의 항로에서 어려움에 처했을 때 그 문장들은 하나의 등대가 되어 빛을 발할 것이다.

실천하지 않고 언제나 생각만 하는 사람은 삶을 비관적으로 만들고, 생각하지 않고 무조건 행동하는 사람은 함정에 빠진다.   - 그라시안

고독과 불안은
창의적인 힘을 준다

고독과 불안을 친구로 만들라. 그것들은 창의적
인 힘을 준다. 그들을 적으로 만들면 그들은 당신
을 공격할 것이다. 그러나 고독과 불안을 친구로
만들면 그들은 당신에게 창의적인 힘을 줄 것이다.
고독과 불안을 친구로 만드는 방법을 연구하라.

강한 사람이란 가장 훌륭하게 고독을 견디어 낸 사람이다.   - 쉴러

마니아가 되어보아라

마니아(Mania)가 되어보아라. 삶이 매일 즐거워질 것이다. 무슨 일이든 한 가지 일에 마니아가 되어보는 것도 괜찮다. 무슨 일에 미친다는 것, 그것은 당신 삶에 있어서 매우 중요한 것이다.

신이 우리에게 준 당신의 뜻은 사람이란 행복하게 살아야 하며 다른 사람의 삶에도 깊은 관심을 가지라는 것이다.　　　- J. 러스킨

여행을 떠나라

의미 있는 여행을 떠나라. 모든 것을 잊고, 모든 것을 뒤로한 채 아무런 미련도 갖지 말고 당신만의 여행을 떠나라. 당신을 뒤돌아보고 삶의 전망을 세울 수 있는 그런 여행을 떠나보자. 당신의 발길이 닿는 대로 어디론가 가보자. 당신은 아마도 여행 중에 당신을 얽매이게 하고 속박했던 것, 당신에게 생긴 문제들을 풀 수 있는 실마리를 찾을 수 있을 것이다. 그리고 여행으로 인해 당신은 새로운 것들을 배우게 될 것이다.

오랜 경험이 나에게 가르쳐준 교훈이 적어도 한 가지 있다. 상대방이 불쾌한 말을 할지라도 그것을 싫어하지 말고 도리어 적극적으로 그것을 받아들이고 조금이라도 상대방의 의견을 존중하고 있다는 것을 표현하는 것이다. 그렇게 하면 상대방도 나의 의견을 존중해 준다.

- B. 프랭클린

자신에게 편지를 써라

자신에게 질문을 던져라. 오늘 자신에게 편지를 써보라. 대부분의 사람들은 자신이 진정 무얼 원하는지 그리고 자신이 어떠한 상황에 처해 있는지도 모르고 매일매일 삶에 허덕거리면서 살아간다. 세상살이가 너무 힘들어서, 너무 바빠서라는 핑계를 대면서 자기의 참모습 보기를 외면하는 사람들이 너무나 많다. 오늘 자기자신에게 편지를 쓰자. 그리하여 당신이 누구인지 그리고 어떻게 살고 있는지 자신에게 질문을 던져보는 시간을 가져라.

이 세상에서 나는 어떤 의미가 있는 것인가?
세상에서 나의 역할은?
나는 세상에서 어떤 의미를 가지며 무엇을 할 것인가?

0629

문명의 이기들을 적절하게 활용하라

세상은 점점 빠르게 변해가고 있다. 세상의 모든 변화를 다 좇아갈 필요는 없지만 중요한 변화는 결국 좇아가야 한다. 이젠 정보화 시대이다.

당신의 정보화 사회에 대한 대응책은?
당신은 정보 수집을 어떻게 하고 있는가?
통신과 인터넷 등 정보화 사회의 매체를 접하는가?
당신은 컴퓨터를 어디에 이용하고 있는가?

이제 컴퓨터는 단순히 오락 도구가 아니다. 생활의 동반자이자 정보의 창고이며 삶을 더 윤택하게 할 수도 있는 삶의 도구이다.

누군가를 정복할 수 있는 사람은 강한 사람이지만 자신을 정복할 수 있는 사람은 강력한 사람이다.
- 노자

당신만의 특별한 시간을 보내라

특별한 장소에서 당신만의 특별한 시간을 보내라. 대부분의 사람들이 대부분의 시간을 가족과 직장을 위해 살아간다. 그런 와중에 당신이라는 존재는 점차적으로 희미해져 간다. 그러다보면 당신이 행복이라는 감정을 느끼기가 어려울 것이다. 처음에는 가족과 직장이 당신에게 행복감을 줄 수 있을지 몰라도 당신 자신을 점차 잃어버린다면 그런 행복도 오래 가지는 않을 것이다. 바쁘다고 해서 당신이 당신이기를 포기한다면 아마도 당신 삶의 행복이 찾아오기는 어려울 것이다. 오늘부터 짧은 시간일지라도 특별한 장소에서 당신만의 특별한 시간을 보내라.

교양이란 한 인간이 일체의 지식을 잃은 후에도 남는 인격 그 자체를 말하는 것이다.
- E. 무니에

July

7

주변 사람들에게 저지르는 가장 큰 죄는 그들에 대한 미움이 아니다.
무관심이야말로 가장 큰 죄다.
무관심은 비인간성을 대표하는 반인간적인 감정이다.

- 버나드 쇼

취미 생활에 투자하라

취미 생활에 투자하라. 아직도 당신이 하고 싶은 일에 투자하지 못했다면 당신이 할 일들에 대해 정리해 보아라. 그리고 그 목록에 당신 자신을 끼워넣을 수 있어야 한다. 무엇 때문에 당신은 일을 하고 있는가? 바로 당신 삶의 행복을 위해 일하고 있는 것이다. 그런데 대부분의 사람들은 일 때문에 자신의 행복을 무시하거나 포기하곤 한다. 지금이라도 당신의 할 일들에 대한 항목에 당신 자신을 집어넣고 당신의 취미 생활에 투자하라. 새로운 당신의 존재가 생겨난다.

한 번에 모든 문제를 해결할 수는 없다. 하나하나 매듭을 풀어 나가면서 단계적으로 문제를 정복해 나가야 한다.   - 도교

당신이 앞으로 머물 집을
그려보아라

또 다른 삶의 양식, 집. 비록 집이 작고 누추하더라도 그 집을 어떻게 이용하느냐에 따라서 당신의 삶이 크게 바뀔 것이다. 또 미래에 머물 집을 그린다는 것은 바로 당신의 미래를 그리는 것이다. 집을 만들 때 중요한 것은 그곳에 살 사람, 즉 당신의 철학과 감정과 삶이 그 집에 표현되어야 하는 것이다. 그렇기에 당신이 그리는 집은 단순한 집이 아니라 당신의 삶을 그리는 것이다.

인간은 현재라는 가치의 중요성을 모른다. 막연하게 보다 나은 미래를 상상하거나 그렇지 않으면 헛된 과거에 집착하고 있기 때문이다.
- 괴테

당신만의 방을 만들어라

당신만의 방을 만들라. 만약 그럴 만한 여건이 되지 않는다면 아이들과 같이 쓰고 있는 책상일지라도, 가족 공동의 식탁일지라도 그 장소에 당신이 정신적으로 독립할 수 있는 작은 소품이라도 마련하라. 그리고 가장 중요한 것은 그 소품이 당신을 위한 것, 즉 당신만의 예술적 충동에서 정신을 모을 수 있는 심리적인 소품과 심리적인 공간, 당신의 창의성을 되살릴 수 있게 용기를 북돋워주는 소품과 장소가 되어야 한다는 점이다.

나는 생각한다. 고로 나는 존재한다.   - 데카르트

당신은 누구인가

당신은 누구인가? 당신의 마음을 차분하게 한 다음 당신이 진정으로 원하는 것들을 마음속에 그려라. 집중을 해 점차적으로 그것들을 명확한 그림으로 떠올려라. 당신이 구체적으로 원하는 것들이 당신의 마음속에 뚜렷하게 나타날 때까지 명상을 계속하라. 당신의 마음을 집중하라. 그런 그림 속에 나타난 당신의 모습을 보라. 이런 명상을 되풀이한다면 아마도 당신의 진정한 모습을 그 그림 속에서 찾게 될 것이다.

생각하지 않는 사람은 고집불통이요, 생각할 수 없는 사람은 바보요, 용감하게 행동하지 않는 사람은 노예다.　　　　　- 윌리엄 드라몬드

0705

당신의 발전 모델을 만들어라

당신의 발전 모델을 만들어라. 그러나 당신이 그 발전 모델을 그대로 따라할 필요는 없다. 다만 그 모델이 걸어온 길을 참고하라. 발전 모델을 통해 모방, 변형시켜 새로운 창조의 방법을 모색할 수 있는 것이다.

어떤 직업이나 장사든지 어느 정도의 정직을 보이는 것이 그 사람을 부자로 만들어줄 수 있는 가장 확실한 방법이다.   - 라 브류이에르

내일 죽는다는 마음으로
유서를 쓰자

자신에게 유서를 써라. 내일 죽는다는 마음으로
유서를 쓰자. 당신이 유서를 쓰는 마음으로 이 세
상을 산다면 오늘을 충실히 살 수밖에 없다. 어제
내일이라고 표현한 오늘, 당신이 쓴 유서를 보면서
삶을 개척해 나가라. 그러면 당신의 내일은 밝을
수밖에 없고 발전과 성공의 문은 당신 앞에 놓이
게 될 것이다.

쓸데없는 욕심을 버리도록 힘써라. 곧바로 형언할 수 없는 만족감과
아울러 행복을 얻을 것이다.   - 에픽테토스

꿈을 이루기 위한 도구

당신의 꿈, 당신의 미래에 대해서 생각해 보라. 결코 보랏빛 미래가 아니라도 좋다. 자기의 꿈 그리고 그 꿈을 이루기 위한 도구를 적어보자. 자신이 미래를 위해 하는 것들을 적어보자. 당신의 꿈, 당신의 미래에 대해서 생각해 보라.

과거는 과거다. 과거보다는 미래가 더 중요하고 미래보다는 현재가 더 중요하다. 현재보다는 오늘이 더 중요하며 오늘보다는 지금이 더 중요하다. 지금과 오늘을 소중히 여기고, 이것이 자기자신을 위해서 있다고 확신하자.   - 앙드레 모로아

당신의 구원자를 만나라

만나라, 당신에게 용기와 희망을 불어넣어주었던 그 사람들을 다시 만나라. 당신이 세상을 살아가면서 현재보다 발전된 당신을 만들어줄, 용기와 희망을 불어넣어주는 그런 사람을 만나라. 좌절과 절망 속에서 어두운 밤길을 헤매고 있는 당신에게 구원의 등불을 가져다줄 수 있는 사람을 만나라.

당신의 노트에 정리해 보자. '당신이 이 세상에서 꼭 만나야 할 사람들을, 그리고 어떻게 하면 그 사람들을 만날 수 있을까?' 에 대해서…….

고독은 방문하기엔 좋은 장소이나 머물러 있기엔 쓸쓸한 장소다.

- 버나드 쇼

한 권의 책을 만들어보자

한 권의 책을 만들어보자, 어떤 일이든지 글로 써보자. 당신만의 책을 갖는다는 것은 삶에 있어 아주 큰 의미가 있는 것이다. 그 책이 비록 프린터로 뽑아서 만든 것일지라도 당신의 생각과 삶, 그리고 주장 등을 담고 있는 아주 중요한 것이다. 그 책의 형식이 어찌되었건 간에 당신만의 책을 한 권 만들어보자. 그러면 당신을 돌아볼 수 있을 것이며 또 당신 삶의 비상을 가져오는 계기가 될 수도 있는 것이다.

세상이란 사람들이 생각하고 있는 것처럼 그렇게 즐거운 것이 아니다.
즐거운 것도 나쁜 것도 오직 자신에게 달려 있다.   - 모파상

좋은 영화는 당신 삶의 영양소다

좋은 영화 한 편은 당신 삶의 영양소다. 아무 영화나 보지 말고 당신에게 유익한 영화를 보려는 노력이 필요하다. 영화는 상상력과 표현의 한계를 극복하게 해주어 또 다른 당신을 만드는 원인을 제공해 준다.

남의 흠보다는 자기 흠을 찾아라. 남의 흠은 보기 쉬우나 자기 흠은 보기 어렵다. 남의 흠은 쭉정이를 골라내듯 찾아내지만, 자기 흠은 주사위 눈처럼 숨기려 한다. 자기 흠을 숨기고 남의 흠만 찾아내려들면 더욱더 마음이 흐려져 언제나 위해로운 마음을 품게 된다.　　- 법구경

기념일을 기억하라

기념일을 기억하라. 친구든 가족이든 직장의 동료든 기념일에 작은 축하를 해줄 수 있는 배려를 하자. 그러면 당신의 삶은 당신이 기억해 준 그 사람들로 인해 풍요로워질 것이다. 남의 기념일을 기억 못 하는데 당신의 기념일에 축하받고 싶어 한다면 그것은 정말 잘못된 생각이다.

우리가 타인을 인정하는 것은 자기와 공통된 것을 타인에게서 느끼기 때문이다. 누군가를 존경한다는 것은 그 사람을 자기와 동등하게 보는 것일지도 모른다.
　　　　　　　　　　　　　　　　　　　　　　- 라 브뤼에르

지금 문 밖을 나서라

지금 문 밖을 나서라. 삶의 경이로움이 당신을
기다리고 있다. 당신이 그런 곳에 다녀옴으로써 여
러 가지의 이익을 가져올 것이다. 가장 큰 이로움
은 당신의 삶에 경이로움을 가져다주는 것이다.

청년들이여! 욕망을 만족시키려는 것을 차라리 거절하라. 그렇다고 모
든 욕망의 만족을 부정하는 스토아학파처럼 하라는 것은 아니다. 모든
욕망 앞에서 한 걸음 물러나 인생의 관능적인 면을 제거할 힘을 가지
라는 것이다. 무엇보다도 오락의 자리에서 즐겨 노는 것을 절제하라.
향락을 절제하면 그대는 그만큼 풍부해질 것이다.
- 칸트

최신 노래를 불러보아라

최신 노래를 불러보아라. 당신의 귀에 거슬리고 잘 안 들린다고 해서, 당신의 감정과 안 맞아서 알 아두지 않는다는 것은 시대의 흐름에 대해 한 발 비켜나 있는 것과 같다. 최신 노래에는 현 사회의 흐름이 숨겨져 있다.

길은 가까운 곳에 있다. 그런데 사람들은 헛되이 먼 곳을 찾고 있다. 일은 해보면 쉬운 것이다. 시작도 하지 않고 미리 어렵게만 생각하고 있기 때문에 할 수 있는 일들을 놓쳐버리는 것이다.　　　　- 맹자

당신이 취하거나 혹은 버려야 할 것들

인생이란 얼마나 사소한 것들이 모여서 이루어 지는가? 사소하고 사소한 일들이 모여서 당신의 삶이 되는 것이다. 그러나 사소한 것에도 취할 것 과 버릴 것들이 있다.

당신이 취해야 할, 또는 버려야 할 인생의 사소 한 것들은 무엇인가? 오늘 당신을 돌아볼 수 있는 기회를 가져라. 당신에게 있어 정말로 사소한 것들 과 중요한 것들에 대해 생각해 보아라.

당신에게 진정 중요한 사소한 것들은 무엇인가?
당신이 버려야 할 사소한 것들은 무엇인가?

세계는 한 개의 거울과도 같다. 웃으면 웃고 찡그리면 찡그린다.
- 애이브리

삶의 지침이 되는 감동적인 이야기

삶을 살아가는 데 있어 도움을 줄 수 있는 감동적인 이야기 몇 개를 알아두는 것도 유익하다. 그리고 그 이야기를 당신이 직접 적어보라. 그냥 적는 것이 아니라 당신의 삶에 있어서 정말로 도움을 받을 수 있도록 이야기를 엄선해서 적어보아라. 그러면 그 이야기는 단순한 이야기가 아니라 당신 삶의 지침으로 삼아 이 세상을 살아가는 데 있어 도움을 받을 수 있으리라.

기회는 모든 사람에게 찾아오지만 그것을 잘 활용하는 사람은 많지 않다.
- B. 리턴

웃음을 잃지 마라

짜증나는 삶일지라도 웃음을 잃지 말라. 당신의 유머는 당신의 강력한 힘이다. 유머는 당신 자신을 유쾌하게 해서 창의적인 에너지를 이끌어냄은 물론 대화를 주도할 수 있는 소재를 주기에 당신이 좀 더 재미있는 대화를 유도할 수 있다. 그런 대화를 통해 상대방의 호감을 이끌어낼 수도 있다.

아름다운 의복보다는 웃는 얼굴이 훨씬 인상적이다. 기분 나쁜 일이 있더라도 웃음으로 넘겨보라. 찡그린 얼굴을 펴기만 해도 마음이 한결 편해질 것이다. 웃는 얼굴은 좋은 화장일 뿐 아니라 피의 순환을 좋게 하는 효과가 있다. 웃음은 인생의 약이다.   - 알랭

책을 읽어라

책을 읽어라.
당신이 모르는 것은 책이 알려준다.
당신이 모르는 것은 책에 있다.
당신의 무지를 깨우쳐주는 것은 책이다.
책은 곧 스승이요, 삶의 동반자이다.

당신에게 있어 독서는 결코 취미가 아니라 삶의
일부가 되어야 한다. '책은 위대한 천재가 인류에
게 남긴 유산이다.'라는 말처럼 독서는 선인들의
발자취를 깨닫게 하며 이를 자신의 것으로 만들어
새로운 것을 창출해 낼 수 있는 원동력이다.

지식의 향상과 아울러 항상 경건한 마음을 가지지 않으면 안 된다.

- 앨프레드 테니슨

잠재의식을 개발하라

당신의 내면에 숨겨져 있는 잠재의식을 개발하라. 인간의 잠재의식은 무한한 힘을 발휘한다. 잠재의식이란 당신의 내면에 숨겨져 있다. 그렇다고 언제까지 잠재의식이 표출되지 않는 것은 아니다.

지금 당장 효과가 나타나지 않는다고 실망할 것은 없다. 그것들은 언젠가 당신의 잠재의식 속에서 하나의 힘이 되어 나타날 것이다.

정신적 활동이 없는 한가함은 일종의 죽음이며 인간을 산 채로 매장하는 것이다. - 세네카

221

세상을 살아가는 무기는 무엇인가

세상을 살아가는 당신의 무기는 무엇인가? 무기만 좋다고 해서 전쟁에서 무조건 승리하는 것은 아니지만 무기가 너무 형편없이 떨어진다면 전략과 전술도 무용지물이 될 것이다. 그렇기에 자신이 세상을 살아가는 무기가 무엇인지 살펴보고 그 무기의 성능들을 점검해 보라. 특히 과거에 있었던 당신의 무기에 대해 자만하지 말라. 무기도 업그레이드하지 않는다면 바로 녹슬어 고철이 되어버린다. 당신이 세상을 사는 데 있어 필요한 무기를 갈고 닦아 늘 성능을 발휘할 수 있도록 노력해라.

정신일도하사불성(精神—到何事不成) 정신이 하나에 이르면 못 이룰 일이 없다.

- 주희

걱정과 증오를 버려라

당신 마음속에 있는 걱정과 증오는 되도록 빨리 버리는 것이 당신에게 유익하다. 그것들에게 당신이 사로잡혀 있다면 당신의 정신과 건강은 상당한 해를 입게 될 것이다. 그리고 그것들에 사로잡혀 있는 한 당신의 에너지를 쓸데없이 낭비함으로써 당신의 창의적인 힘들을 감소시키는 요인이 될 것이다.

슬픔이란 누구든지 이겨낼 수 있는 일이다. 그런데 이 슬픔을 이겨내지 못하는 사람은 늘 슬픔뿐이다.　　　　　- 셰익스피어

감사하는 마음은
우리를 행복하게 한다

너는 너, 나는 나라고 생각하는 사람은 불행한 사람이다. 그러나 너는 나, 나는 너, 너와 나는 우리라고 생각하는 사람은 행복한 사람이다. 상대에게 겉으로만 '위하여!'를 외치고 정작 상대방을 위할 줄 모르는 사람은 불행한 사람이다. 그러나 항상 남을 위하는 마음으로 살아가는 사람은 행복한 사람이다. 남이 자신을 이해해 주지 않는다고 불평하는 사람은 불행한 사람이다. 그러나 남의 마음까지 헤아려 말과 행동을 조심스럽게 하는 사람은 행복한 사람이다. 모든 것을 당연하게 여기는 사람은 불행한 사람이다. 그러나 작은 것에도 감사하는 마음을 지닌 사람은 행복한 사람이다.

그저 감사한 생각을 하늘로 올려보내는 것이야말로 가장 완벽한 기도이다.
- G. E. 레싱

인생은 멀리 내다보아라

자신의 눈앞만 바라보는 사람에게는 불행의 그림자가 붙어 다닌다. 그러나 멀리 앞을 내다보는 사람에게는 행복의 빛이 그 앞을 밝혀준다. 자신이 처한 상황을 한탄하는 사람은 불행의 대열에 속한 사람이다. 그러나 현재의 불행을 딛고 일어서는 사람은 행복의 대열에 속한 사람이다. 자신의 입장과 이득만 고집하는 사람은 불행한 사람이다. 그러나 상대방의 입장을 고려하는 사람은 행복한 사람이다. 가지고 있는 것을 당장 쓰기에 바쁜 사람은 불행을 사는 사람이다. 그러나 미래를 위해 저축하는 사람은 행복을 사는 사람이다.

송곳의 뾰족한 끝은 결국 자루 밖으로 뚫고 나오는 법, 이와 마찬가지로 재능 있는 사람은 어디서나 어떤 환경에서나 스스로 나타나는 법이다.
- 사마천

관용과 용서를 베푸는 마음

집이 작아서 아무것도 할 수 없다고 불평하는 사람은 불행한 사람이다. 그러나 비록 작은 집이어도 쉴 수 있어 좋다고 생각하는 사람은 행복한 사람이다. 여기저기 일을 벌려놓고 집중하지 못하는 사람은 불행과 가까워지는 사람이다. 그러나 한 가지 일에 열중하는 사람은 행복과 가까워지는 사람이다. 미움과 시기를 버리지 못하는 사람은 불행을 짊어지는 사람이다. 그러나 관용과 용서를 베푸는 사람은 행복을 이고 있는 사람이다. 사랑과 자비를 모르는 사람은 불행한 삶이 계속될 것이다. 그러나 그것을 알고 실천하는 사람은 행복한 삶이 계속될 것이다.

주변 사람들에게 저지르는 가장 큰 죄는 그들에 대한 미움이 아니다. 무관심이야말로 가장 큰 죄다. 무관심은 비인간성을 대표하는 빈인간적인 감정이다.
- 버나드 쇼

행복과 불행의 차이

사랑을 받으려고만 하는 사람은 불행한 사람이다. 그러나 사랑을 통해 자신의 모든 것을 주려는 사람은 행복한 사람이다. 친구를 위해 기꺼이 충고를 마다하지 않는 사람을 만나면 보물을 얻는 것과 같다. 그러나 말로 귀를 즐겁게 해주는 사람을 만나면 가지고 있던 보물도 잃게 된다. 각자의 개성을 인정하지 못하는 사람은 불행한 사람이다. 그러나 서로의 공통점과 차이점을 발견하고 맞추어 나가는 사람은 행복한 사람이다. 힘들 때 곁에서 땀을 닦아주며 도와주는 친구가 있다면 당신은 행복한 사람이다. 그러나 아무도 도와줄 사람이 없다면 당신은 불행한 사람이다.

문제 자체에 매달려 논리적으로만 해결하려 하지 말고 문제에서 한 걸음 물러나 더 넓은 안목과 시야로 총체적으로 문제를 바라보라. 숨어 있던 비상구가 보일 것이다.　　　　　　　　　　 - 이드리스 샤흐

늘 미소짓는 사람은 행복하다

사소한 일에도 감사한 마음을 가지면 행복이 찾아온다. 그러나 기쁜 일에도 무관심하면 행복도 불행으로 바뀌고 만다. 모든 일에 대해 '먼저' 솔선수범하면 행복을 가꾸게 된다. 그러나 어떤 일에 대해 '나중에.'라고 미루면 불행을 키우게 된다. 사사건건 시비를 가리는 사람은 불행을 불러들이는 사람이다. 그러나 남을 이해하고 칭찬하는 사람은 행복을 불러들이는 사람이다. 언제나 얼굴에 미소를 잃지 않는 사람에겐 행복의 꽃이 피어난다. 그러나 도무지 환한 얼굴을 짓지 않는 사람에겐 불행의 싹이 돋아난다.

스스로를 자랑하는 자는 공이 없고, 스스로를 칭찬하는 자는 오래 가지 못한다. 이는 모두 발끝으로 오래 서 있으려는 것과 같다. - 노자

상대를 배려하는 마음

아침에 일찍 일어나 하루를 계획하는 사람은 행복의 출발점에 있는 것이다. 그러나 아침에 일어나 허둥대는 사람은 불행의 출발점에 서 있는 것이다. 난폭운전, 과속운전을 일삼는 사람은 불행이라는 목적지에 도달하는 것이다. 그러나 안전운전, 방어운전을 하는 사람은 행복의 종착역으로 도착하는 것이다. 결과에 도달하는 과정에 충실한 사람은 행복의 열매를 딴다. 그러나 과정보다 결과에만 집착하는 사람은 불행의 과실을 따게 된다. 남을 배려하는 만큼 자신에게 돌아오는 것을 받아들이는 사람은 행복의 배려자(配慮者)이다. 그러나 남을 멸시하고 배려받기를 원하는 사람은 불행의 하수인이다.

교양이란 '세상에서 이야기되고 사색되어 온 가장 훌륭한 것'을 아는 것이다.
- 매튜 아놀드

작은 약속도 소중히 생각하는 마음

밝은 노래를 부르는 사람은 행복을 전파하는 사람이고, 슬픈 노래를 부르는 사람은 불행을 포교하는 사람이다. 찾아오는 이를 반갑게 맞이하는 사람에겐 행복이 넘쳐나고, 즐겨 찾는 이가 없는 사람에겐 불행이 채워지게 된다. 작은 약속도 항상 지키는 사람은 남들에게 믿음의 불씨를 주지만, 약속을 쉽게 어기는 사람은 남들에게 불신의 싹을 준다. 내일 다시 태양이 뜬다고 믿는 사람은 일출을 보며 기뻐하지만, 내일을 생각하지 않는 사람은 석양을 보며 슬퍼한다.

재능 있는 사람이 가끔 무능하게 행동하는 것은, 그 성격이 우유부단한 데에 있다. 망설이는 것보다 실패가 낫다.
— 러셀

늘 감사하라

돈만을 위해 일하는 사람은 불행하지만, 성취감을 위해 일하는 사람은 행복하다. 성공만 바라보며 사는 사람은 행복이라는 성공에 도달하기 힘들지만 실패도 딛고 일어나 다시 시작하는 사람은 불행의 문에서 멀어진다. 무조건 남을 탓하거나 원망하는 사람은 행복도 탓하지만, 모든 것에 고마워하는 사람은 불행도 행복으로 만든다. 열 중에 하나를 잃고도 하나씩이나 잃어버렸다고 생각하는 사람은 행복을 잃어버린 것이고, 하나밖에 잃은 게 없다고 생각하는 사람은 불행을 잃어버린 것이다.

어떤 일도 견딜 수 있는 사람은 어떤 일도 끝까지 실천할 수 있는 사람이다. 인내는 희망을 자아내는 기술이다.　　　　　- 보브나르그

밝고 즐거운 이야기를 하라

남들과 비교해서 괴롭거나 힘들다고 생각하는 사람에겐 행복도 힘들게 찾아오지만, 다른 사람과 비교해서 즐겁게 생각하는 사람에겐 불행도 즐겁게 떠나버린다. 비록 가진 것이 부족하다고 해도 긍정적이고 자신감으로 사는 사람은 행복을 지킬 수 있지만, 많이 가져 풍족하더라도 부정적이고 소극적으로 사는 사람은 불행만을 지키게 된다. 남을 칭찬하기를 주저하지 않는 사람은 행복을 칭찬하지만, 비난하기를 즐겨하는 사람은 행복을 비난하게 된다. 밝고 즐거운 이야기를 하는 사람은 행복을 알리고, 어둡고 괴로운 이야기를 하는 사람은 불행을 퍼뜨린다. 자신만의 기회를 잡으려는 사람은 행복이 와도 잡지 못하지만, 여러 사람을 위해 노력하는 사람은 행복이 찾아와 깃든다.

각 개인은 타인 속에 자기를 비추는 거울을 갖고 있다.   - 쇼펜하우어

충고를 감사히 생각하라

충고를 기꺼이 받아들여 고치려는 사람에게는
불행조차 행복이 되지만, 칭찬조차 경계의 눈으로
보는 사람에게는 행복도 불행이 되고 만다. 따뜻한
가슴으로 사회에 봉사하는 사람은 행복하지만, 얼
어붙은 가슴으로 사리사욕만 챙기는 사람은 불행
도 챙기게 된다. 자신을 알고 남을 아는 사람은 행
복도 알지만, 오로지 자신만 알고 남을 모르는 사
람은 불행만 안다.

고통을 겪어야 강하게 된다는 것이 얼마나 숭고한 일인가를 알라. 인내
할 수 있는 사람은 그가 바라는 것은 무엇이든지 손에 넣을 수가 있다.
- B. 프랭클린

0731

당신이 행복해지는 작은 실천

현재의 위치를 종착역이라고 여기는 사람은 불행의 열차를 갈아타야 하지만, 출발역이라고 여기는 사람은 행복열차의 출발 시간을 기다리는 것이다. 일을 기쁘게 능동적으로 하는 사람은 행복을 얻을 것이고, 누가 시켜서 마지못해 일을 하는 사람은 불행을 얻게 된다. 목적지까지 갈 돈이 없어도 걸어갈 수 있다고 생각하는 사람은 행복을 찾아 떠나는 사람이고, 차비를 구걸하려고 앉아 손을 벌리는 사람은 불행을 기다리는 사람이다.

새는 알 속에서 빠져 나오려고 싸운다. 알은 세계이다. 태어나기를 원하는 자는 하나의 세계를 파괴하지 않으면 안 된다.   - 헤르만 헤세

August

8

한아름의 나무도 티끌만한 싹에서 생기고
9층의 높은 탑도 흙을 쌓아서 올렸고, 천리 길도 발밑에서 시작된다.
- 노자

0801

겸손한 마음가짐

하늘의 태양을 보는 사람은 행복을 그리지만, 먹구름만 바라보는 사람은 불행을 그린다. 겸손한 마음으로 세상을 사는 사람은 행복이 다가오지만, 겉치장만 화려하게 꾸미는 사람에겐 불행이 행복으로 치장되어 다가온다. 좋은 취미로 여가를 즐기는 사람은 삶이 행복하지만, 나쁜 취미 생활로 시간을 허비하는 사람은 삶이 고역이다.

탐욕으로부터 걱정이 생기고 두려움이 생긴다. 탐욕이 없는 곳에 걱정이 없으니 그 어디에 두려움이 있겠는가.   - 불경

현재의 처지를 극복하라

자신의 처지를 비관하고 '해도 안 돼.' 라고 생각하는 사람은 불행한 사람이고, 자신의 처지를 극복해 '하면 된다.' 라고 생각하는 사람은 행복한 사람이다. 처음 시작부터 잘못되었다고 생각하는 사람은 불행하고, 중간의 오류를 발견하고 시정하는 사람은 행복하다. 보고 듣고 느끼며 생각하고 행동하는 사람은 행복한 사람이고, 그 중 하나만으로 행동하려는 사람은 불행한 사람이다.

마음은 용감하게, 생각은 신중히, 행동은 깨끗하고 조심스럽게 하고, 스스로 자제하여 진실에 따라서 살며, 부지런히 정진하는 사람은 영원히 깨어 있는 사람이다.
- 법구경

겸손과 양보를 습관화하라

겸손과 양보를 항상 습관처럼 행하는 사람은 행복하지만, 교만과 집착이 습관화되어 있는 사람은 불행하다. 가슴을 맞대고 말할 수 있는 사람은 가슴에 행복을 담고 있지만, 등을 돌려 말하는 사람은 가슴속에 불행을 담고 있다. 지식만으로 세상을 살려는 사람은 불행한 사람이고, 지혜로 세상을 바라보는 사람은 행복한 사람이다.

매의 서 있는 모습은 조는 것 같고, 범의 걸음은 병든 듯한지라, 이것이 바로 이들이 사람을 움켜잡고 물어뜯는 수단이니라. 그러므로 군자는 총명을 나타내지 말며 재능을 뚜렷하게 하지 말지니 그렇게 함으로써 큰일을 맡을 역량이 되느니라.

- 홍자성

친절을 베풀어라

남들에게 친절하게 대하는 사람은 성공의 열쇠를 쥐게 되고, 불친절한 태도로 남을 대하는 사람은 불행의 자물쇠를 얻게 된다. 99퍼센트의 불행 속에서도 나머지 1퍼센트의 행복을 찾는 사람은 행복한 사람이고, 99퍼센트의 행복 속에서도 나머지 1퍼센트의 불행을 두려워하는 사람은 불행한 사람이다. 삶을 착하고 올바르게 살려고 노력하는 사람은 행복의 문으로 들어서는 사람이고, 삶을 되는 대로 닥치는 대로 사는 사람은 불행의 문으로 들어가는 사람이다.

지은 죄는 그림자처럼 따라다닌다. 재에 덮인 불씨가 꺼지지 않듯, 지은 업이 당장 보이지 않는다 해도 그늘에 숨어서 그를 따라다닌다.

- 법구경

0805

내가 먼저

　'나 하나쯤이야……' 라고 생각하며 뒤로 빠지는 사람은 모든 사람에게 고통을 주지만, '나부터 먼저.' 라고 생각하며 솔선수범하는 사람은 다른 사람에게 행복을 선사한다. 행복한 가정, 살기 좋은 세상을 만들겠다고 생각하는 사람은 행복을 설계하는 사람이고, 오로지 자신만을 위해 살겠다고 생각하는 사람은 불행을 만드는 사람이다. 은혜를 은혜로 갚는 사람은 행복의 화살이 오지만 은혜를 잊는 사람의 가슴에는 불행의 비수가 꽂힌다.

한아름의 나무도 티끌만한 싹에서 생기고 9층의 높은 탑도 흙을 쌓아서 올렸고, 천리 길도 발밑에서 시작된다.　　　　　　　- 노자

칠전팔기의 정신으로

쓰러져도 다시 일어나는 사람에겐 불행도 도망 가지만 쓰러져 포기하는 사람에겐 불행이 다가온다. 좋은 일을 간직하며 생활의 활력소로 삼는 사람은 행복도 오래 간직하지만, 나쁜 일을 잊지 않은 채 살아가는 사람은 불행도 잊지 못한다. 현재의 행복을 지키려 노력하지 않는 사람은 불행의 기습을 받게 되지만, 행복을 가꾸며 노력하는 사람에겐 행복이 머문다.

안 될 것이라고 의심해서는 안 된다. 주저 말고 한 번 시험해 보라.
- 디오도어 루빈

행복의 파랑새는 가까이 있다

행복의 파랑새를 멀리서 찾으려 헤매는 사람은 불행하고 가까운 주위에서 찾을 수 있는 사람은 행복한 사람이다. 산에 나무를 심고 가꾸는 사람은 행복을 심지만, 나무를 베어 자신의 정원을 가꾸는 사람은 불행을 심는 것이다. 화를 참지 못하는 사람은 자신을 불행 속으로 던지는 것이지만, 화를 자제하는 사람은 불행의 불을 진화시켜버린다.

미덕을 갖춘 사람은 분별력이 생기고 이해심도 깊으며 현명해진다. 또한 용기가 있으며 연민의 정도 많고 즐겁고 정직하며 통찰력도 뛰어나다.   - 그라시안

늘 희망을 잃지 말라

고난 속에서도 희망을 잃지 않는 사람은 행복의 주인공이 되고, 고난에 좌절해 희망을 품지 못하는 사람은 불행의 주인공 된다. 가정에 우애가 깊어 서로를 위하면 행복한 집이고, 부자라도 불화가 그치지 않으면 불행한 집이다. 다른 사람을 칭찬하며 도울 줄 하는 사람에겐 행복도 그를 돕지만, 험담만 하고 외면하는 사람에겐 행복도 그를 외면하게 된다.

기회는 어디에도 있는 것이다. 낚싯대를 던져 놓고 항상 준비 태세를 취하라. 없을 것 같아 보이는 곳도 언제나 고기는 있는 법이다.

- 오비디우스

절제된 삶을 준비하는 사람

불확실한 미래를 위해 절제된 삶을 살며 준비하는 사람에겐 불행이 접근하지 못하지만, 오늘만을 위해 방탕한 생활을 하며 미래를 준비하지 않는 사람에게는 불행이 소리 없이 찾아든다. 어깨를 쫙 펴고 배에 힘을 주고 당당하게 시작하는 사람은 행복을 맞이하지만, 목에 잔뜩 힘을 주어 거만하게 시작하는 사람은 불행을 맞게 된다. 시기를 알아 만남과 헤어짐을 갖는 사람은 행복한 시기를 알지만, 머무를 때와 떠날 때를 구분하지 못하는 사람은 행복인지 불행인지조차도 모른다.

자기가 할 수 있는 모든 것을 하는 것은 인간이 되는 것이요, 자기가 하고 싶은 모든 것을 하는 것은 신이 되는 것이다.   - B. 나폴레옹

행복한 사람

자신의 성공을 다른 사람의 덕으로 돌리는 사람은 행복한 사람이지만, 자신의 실패를 다른 사람의 탓으로 돌리는 사람은 불행한 사람이다. 부모의 은혜를 알고 공경하는 사람에겐 행복의 비가 내리고, 부모의 은공을 모르고 불효하는 사람에겐 불행의 비가 뿌린다. 다른 사람의 성공을 보고 축하해 주는 사람은 성공의 행복을 느끼지만, 남의 성공을 시기하는 사람은 실패의 불행을 맛본다.

마음이 비뚤어진 사람들만이 불행하다. 행복이란 인생에 대한 밝은 견해와 맑은 마음속에 깃드는 것이며, 외적인 데 있지 않으리라고 나는 생각한다.
　　　　　　　　　　　　　　　　　　　　　- 도스토예프스키

상대방의 말에 귀 기울이기

다른 사람의 이야기를 끝까지 듣고 자신의 이야기를 하는 사람은 행복의 친구를 얻게 되지만, 남들의 이야기는 무시하고 자신만의 이야기를 떠드는 사람은 불행의 친구가 찾아온다. '그래 다시 뛰자. 이제 시작이야!' 라고 하는 사람에겐 행복의 여신이 같이 뛰어주지만, '이젠 틀렸어, 포기해야 돼!' 라고 하는 사람에겐 불행의 사자가 같이한다. 성실하고 부지런한 사람은 행복을 거두어들이지만, 게으르고 쉽게 포기하는 사람은 불행을 추수하게 된다.

토론을 할 때에는 상대방의 말에 귀를 기울이고 행동할 때는 당신의 행동에 주시해야 한다. 그리고 토론을 할 때는 그것이 어떤 목적에 관계되는 것인지를 즉시 깨달아야 하고 행동할 때는 그 행동이 어떤 의미를 가졌는지 조심스럽게 지켜봐야 한다.   - M. 아우렐리우스

0812

늘 최선을 다하라

자신의 일을 찾아 최선을 다하고 결과를 기다리는 사람은 행복한 사람이고, 맡은 일도 제대로 처리하다 못해 고민하는 사람은 불행한 사람이다. 있는 것을 그대로 바라보며 아름다움을 느끼는 사람은 행복한 사람이고, 아름답거나 추한 것, 어느 한 쪽에만 치우치게 바라보는 사람은 불행한 사람이다. 자신의 과거를 돌이켜보며 발전의 밑거름으로 삼는 사람에겐 행복이 다가오지만, 과거의 화려함에 빠져 미래를 소홀히 하는 사람에겐 불행이 다가온다.

해보지 않고는 당신이 무엇을 해낼 수 있는지를 알 수가 없다.

- 프랭클린 아담

자기 것을 소중히 여겨라

자신의 잠재능력을 찾아내 개발하는 사람은 행복한 사람이고, 현재 가지고 있는 능력도 발휘하지 못하는 사람은 불행한 사람이다. 남의 것만이 좋은 것이라고 생각하는 사람은 불행한 사람이고 자기 것을 소중히 여기는 사람은 행복한 사람이다. 자신의 분수를 알고 맞게 처신하는 사람은 행복을 발견할 것이고, 분수도 모른 채 행동하는 사람은 불행을 찾게 된다. 시련과 고통을 이겨가며 노력한 사람은 행복한 사람이고, 시련과 고통에 포기하고 마는 사람은 불행한 사람이다.

당신이 만족스러운 마음을 가질 수 있다면 인생을 충분히 행복하게 할 수 있다.
- 플라우투스

나눌 줄 아는 마음

행복을 추구하려고 노력하는 사람에겐 행복한 생활이 찾아오지만, 노력도 하지 않고 행복을 탐하는 사람에겐 불행이 기다리고 있다. 가지고 있는 것을 나눌 줄 아는 사람은 행복을 알지만, 남을 위해 베풀 줄 모르고 소유하려고 하는 사람은 불행만 안다.

만족함을 알고 있는 자는 진정한 부자이고, 탐욕스런 자는 진실로 가난한 자이다.   - 솔론

주인의식을 가져라

주인의식을 가지는 일에 전념하는 사람에겐 풍요의 행복을 주지만, 노예 근성을 가지고 일을 게을리하는 사람에겐 빈곤의 불행을 준다. 자신을 개발하고 부족한 것을 배우는 사람은 행복한 최고가되지만 배우지 않고 개발도 하지 않으면 불행의최고가 된다.

사람의 마음속에 있는 덕성은 보석과 같다. 왜냐하면 삶의 덕성은 어떠한 일이 생기든지 그것은 천연의 아름다움을 언제까지나 보존하기때문이다.
- 오비디우스

상대방을 인정하라

자신의 능력을 과시하며 잘난 체하는 사람은 불행을 과시하며, 다른 사람의 능력을 인정해 주며 협조하는 사람은 행복도 협조해 준다. 미움·시기·질투 등 부정적인 사고를 가진 사람은 불행을 키우지만, 사랑·행복·성공 등 긍정적인 생각을 지닌 사람은 행복을 기른다. 사랑할 사람이 있다는 것을 고맙게 여기는 사람은 행복한 사람이고, 사랑해 주는 사람이 없다고 탄식하는 사람은 불행한 사람이다.

가장 큰 어려운 일 중 세 가지, 첫째는 명성을 얻는 것, 둘째는 생명 있는 동안 명성을 유지하는 것. 셋째는 죽은 뒤에도 명성을 보유하는 것.
- 하이든

0817

작은 것도 소중히 여겨라

작은 것이라도 하찮게 여기지 않고 최선을 다하는 사람은 행복한 사람이고, 능력에 맞지도 않는 일에 시간만 허비하는 사람은 불행한 사람이다. 남의 불행에 적극적으로 나서서 도와주는 사람은 행복한 사람이고, 남의 행복을 부러워만 하는 사람은 불행한 사람이다. 편안하고 안일한 일만 원하는 사람은 불행한 사람이고, 모험심을 가지고 일을 찾아 처리하는 사람은 행복한 사람이다.

가장 훌륭한 사람은 모든 것을 버리고 단 하나를 선택한다. 영원한 명예가 그것이다. 그는 이것 하나만을 취하고 나머지 소멸해 버릴 것들은 미리 버린다. 명예를 선택하는 사람이 되자. 명예는 영원히 죽지 않는다.

- 헤라클레이토스

미지의 세계에 도전하라

자기가 받는 것을 당연하다고 여기는 사람은 불행을 받게 되고, 받은 것을 되돌려줄 줄 아는 사람은 행복을 돌려받는다. 미지의 세계에 대해 도전하는 사람은 행복을 발견하게 되고, 두려움을 가지고 현실에 안주하려는 사람은 불행을 찾게 된다. 웃어른을 공경해 자리를 양보하는 사람은 행복의 목적지에 내리지만, 웃어른을 보고 자는 체하는 사람은 불행의 역에 도착하게 된다.

모험은 안정보다 더 위대하며, 삶에는 아직도 개척해야 할 영토가 무궁무진하다.
                                                                    - 알렌 코헨

마음의 여유를 가져라

쓸데없는 고민과 걱정으로 밤을 지새우는 사람은
불행과 함께하지만, 마음의 여유를 가지고 사색의
시간을 갖는 사람은 행복이 함께한다. '아까운 사
람 죽었군!' 소리를 듣게 된다면 죽어도 행복하고,
'저 인간 죽지도 않나?' 소리를 듣게 된다면 살아
있어도 불행하다.

산다는 것은 죽는 위험을 감수하는 일이며, 희망을 가진다는 것은 절
망의 위험을 무릅쓰는 일이고, 시도해 본다는 것은 실패의 위험을 감
수하는 일이다. 그러나 모험은 받아들여져야 한다. 왜냐하면 인생에서
가장 큰 위험은 아무것도 감수하지 않는 일이기 때문이다.

- 레오 버스카클리아

맹목적으로 사람을 믿지 말라

늘 상황이 변함에 따라 상대방도 변할 수 있다는 것을 인식해 맹목적으로 사람을 믿지 마라. 만약 신뢰했던 사람이 당신의 생각과는 다른 행동을 했을 때 그가 그런 행동을 보이게 된 상황에 주목해 그를 이해하라. 이것만이 그 사람을 알 수 있는 길이고 배신감으로 자신을 상하지 않게 하는 길이다.

나는 내 이성적 판단력을 개발하는 데 일생을 투자하고 내 능력이 닿는 한 진리의 인식을 위해 매진하는 것보다 더 나은 것이 있다고 생각지 않는다.
- 데카르트

0821

지금 시도하라

당신이 일을 진행하다 보면 그 일이 이루어질 수도 있고 그렇지 않을 수도 있다. 어떤 상황에서든 적극적으로 대처할 수 있는 능동적인 사람이 되는 것이 일의 성패를 좌우하는 큰 요소가 된다. 너무 치밀하게 준비와 계획을 세우려고 하는 것은 어쩌면 그 일을 시도도 해보지 못하고 그냥 두는 결과를 가져올 수도 있다. 완벽한 계획을 세웠다고는 하지만 일을 진행함에 있어서 계획의 일부를 수정하는 경우가 종종 있다. 망설이지 말고 지금 실천하라. 그리고 앞으로 전진하라.

손을 게을리 놀리는 자는 가난하게 되고, 손을 부지런히 놀리는 자는 부하게 된다. 여름에 부지런히 거둬들이는 자는 지혜로운 아들이지만, 추수 때에 잠자는 자는 수치스러운 아들이다.　　　　　　- 성경

0822

가끔 운도 바라라

당신의 의지와는 별개로 때때로 운이 일의 성패를 좌지우지할 때도 있다. 당신이 최선을 다하고 있는 데도 일이 제대로 진행되지 않는다면 그 일을 포기하지 말고 그냥 밀고 나가라. 그리고 운에 맡겨보자. 미리 실패의 이미지를 그리면서 포기하는 것보다는, 실패의 확률은 높아도 밀고 나가는 것이 성공의 기회마저 박탈당하는 것은 아니다.

영원한 존재가 아닌 인간에게는 완전히 모순된 가면 속에서의 엄청난 모방이 있을 뿐이다. 창조, 이것이야말로 위대한 모방이다.   - A. 카뮈

약점을 숨기지 마라

당신에게만 약점이 있는 것이 아니다. 누구에게
나 약점은 있다. 성공한 사람들의 공통점을 보면
자신의 장점을 살린 것은 물론이거니와 자신의 약
점을 잘 활용한 사람들이다. 어쩌면 당신이 가지고
있는 장점은 가만히 내버려두어도 그 역할을 충분
히 할 수 있을 것이다. 반면, 많은 성공 사례들을
살펴보면 약점을 어떻게 활용하느냐에 따라 그 일
의 성패가 결정되는 것을 볼 수 있다.

지도자는 마땅히 자기의 텃밭을 가꾸어야 한다. 씨앗을 뿌리고 살피고
일궈야만 하며 그 결과를 거둬들여야 한다. 그리하여 지도자는 정원사
와 마찬가지로 자기가 경작하는 것에 대해 책임을 져야 한다.

- 넬슨 만델라

배수진을 치지 마라

　세상은 죽기 살기로 싸운다고 해서 반드시 이기는 것은 아니라는 사실을 깨달아야 한다. 어떤 나쁜 상황에서도 당신이 탈출할 수 있는 비상구는 항상 준비해 두는 것이 이 세상을 사는 사람으로서 현명한 조치인 것이다.

　당신이 살아 있다면 기회는 또다시 당신에게 올 수 있다. 그러나 만약 당신이 배수진을 쳐서 자신의 건강을 잃거나 자칫 생명을 잃는다면 기회의 여신은 영원히 당신에게 다시 오지 않을 것이다.

　※ 배수진(背水陣)은 물러설 수 없도록 물을 등지고 적을 치는 전법의 하나로써 물을 등지고 진을 친다는 뜻으로 목숨을 걸고 어떤 일에 대처하는 경우를 비유하는 말이다.

승자는 눈을 밟아 길을 만들지만 패자는 눈이 녹기를 기다린다.

- 탈무드

0825

틀을 깨라,
그리고 창의적으로 일하라

절대적인 진리란 없다. 당신이 어떤 정형화된 틀에 사로잡혀서 그 틀을 깨지 못한다면 당신에게 있어 창의적인 일은 기대하기가 어렵다. 모든 원리원칙이란 결국 변하는 것이다. 당신이 일을 함에 있어서 원리원칙을 맹목적으로 추종하지 마라.

진실한 기적은 신에 의해 주어진 용기와 지성을 최대한으로 발휘할 수 있는 사람에게 부여되는 것이다.   - 이스라엘 바알 셈

0826

기다릴 줄도 알아라

당신이 어떤 일을 함에 있어서 불가항력적으로 막힌다면 기다려야 한다. 어차피 기다려야 하는데 조바심을 내고 걱정하고 불안해한다고 그 일이 해결되겠는가? 기다려야 한다면 기다려야 한다. 편하고 여유롭게 기다릴 수 있는 방법을 당신 자신이 터득해야 한다. 급할수록 여유를 가져라.

위대한 지도자는 비전과 일상의 간격을 메워주는 교육자여야 한다. 그러나 자기가 선택한 길을 사회가 따라오게 하기 위해 혼자서 그 길을 걸어가야만 하는 사람이다.   - 키신저

최대한의 능률을 고려하라

누군가 당신에게 말한다. 무조건 열심히 일을 하다보면 당신은 성공한다고. 하지만 이 말은 당신의 적성이나 능률 그 밖의 것들을 무시해 버린 기계와 같은 존재로 만들어버리는 말이다. 어떤 것이든, 어떤 일이든 적당한 것이 좋은 것이다. 당연히 일도 자신의 상황에 맞게 적당히 하는 게 가장 좋은 것이다.

만약 시간이 모든 것 중에서 가장 귀중한 것이라면 낭비된 시간은 당연히 최대의 낭비라고 할 수 있다.
- B. 프랭클린

0828

지위에 연연하지 마라

지위를 얻으려 하기보다는 당신의 능력을 개발하는 데 시간을 투자하라. 대부분의 사람들이 지위에 연연해 더 높은 지위에 오르기 위해 많은 것들을 희생하고 있는 현실이다. 그러나 그보다는 자신의 능력을 개발해 당신이 그 어떤 자리에 있든 자신의 일을 잘 처리할 수 있는 사람이 되는 것이 현명하다.

우리들이 기도할 때 쏟는 정성만큼 삶에서도 그렇게 노력하지 않는다면 우리들의 기도가 천지신명에게 받아들여지도록 아무리 기도한들 그것은 헛수고에 그칠 뿐이다.　　　　　　　　　　　- 이솝

발전과 행복에 이르는 길

'자신감, 낙천성, 외향성, 자기조절 능력'을 발전과 행복을 얻는 사람들의 특징이라고 말한다. 그 가운데 특히 자신감은 계속해서 생각하고 활동하며 참여하는 쪽으로 자신을 계발할 때 이루어지는 결과이다. 따라서 당신이 세상에 대해 호기심을 갖고 흥분과 불안을 느끼는 일을 하는 것도 당신에게 있어 발전과 행복을 가져오는 하나의 방법일 것이다.

부지런한 사람의 손은 모든 것을 주물러 황금으로 변하게 하는 재주를 가지고 있다. 그것은 마치 자애로운 어머니의 손이 상처의 아픔을 덜어주는 것과 같은 힘이다.

- 롱피드

자신의 삶에 만족할 줄도 알아라

성공하고 행복한 삶을 살기 위해 버려야 할 것은 무엇인가. 아마도 당신 마음속의 걱정, 증오, 공포, 불평, 원망 같은 것들이 아닐까! 사람들은 간절히 기대하고 바라던 일이 좌절되면 곧 불행을 느끼고 부정적으로 되고 마는데, 이때 주위의 성공하고 행복한 사람들과 가까이 하라. 성공과 행복은 전염성이 강하므로, 열심히 살면서 자기 삶에 만족하는 이들의 모습을 보는 것만으로도 당신의 기분이 좋아질 것이다.

어떤 높은 곳도 사람이 도달하지 못할 것이 없다. 그러나 결의와 자신을 가지고 올라가지 않으면 안 된다.   - 안데르센

그 누구도 고통 없는 삶은 없다

사람이라면 어느 누구도 고통 없는 삶을 살 수 없다. 고통을 부정한다고 해서 당신이 행복해지는 것은 아니다. 행복한 사람이란 바로 고통을 받아들이고 그것을 이겨내는 사람이라는 사실을 깨달아야 한다.

고통은 사람을 강하게 만든다. 그러나 고통으로 강해지지 못한 사람은 죽고 만다. 행복할 때는 우리가 고난을 어떻게 견딜 수 있는지 알지 못한다. 고난 속에서 비로소 우리는 자기자신을 알게 된다.　- C. 힐티

September

9

나는 보석보다도 인격의 아름다움으로 장식되고 싶다.
보석은 재물에서 주어진 반면, 인격은 정신에서 온다.
- B. 테일러

자연의 품을 찾아 떠나라

여건이 허락한다면 여행을 떠나라. 그리고 그 여행 속에서 당신의 우울증과 스트레스를 날려보내고 새로운 삶을 준비할 수 있도록 삶을 재충전시켜라. 반복되고 힘든 일상을 벗어나 당신이 자연의 품을 찾아 떠나는 것도 행복을 주는 일이다.

거대한 나무들에 둘러싸인 작은 묘목일수록 생존하기 위해서는 불굴의 의지가 필요하다.

-도교

행복의 무게중심을 어디에 둘 것인가

    우정은 그 중심이 자신이 아니라 자신과 관계를 맺고 있는 친구에게 있을 때 더 가치가 있고, 가족이 행복할 때는 그 행복이 자신보다는 남편이나 아내, 그리고 자식이나 어른에게 있을 때가 더 행복한 것이다. 자신만의 행복을 추구하면 결국 주위 사람들을 희생시킬 것이고 주위의 사람들이 불행해질 것이다. 그 불행은 다시 당신에게 쉽게 전염되어 당신을 불행하게 만들 것이다.

고난과 눈물이 나를 높은 예지로 이끌어올렸다. 보석과 즐거움은 이것을 이루어주지 못했을 것이다.
        - 페스탈로치

좋은 태도란

세상을 살아가면서 각자 갖는 태도는 중요하다. 태도란 마음과 몸이 밖으로 드러나는 것이다. 자신을 숨기려고 해도 태도에서 몸과 마음이 나타날 것이다. 건강한 마음과 건강한 몸에서 좋은 태도가 나타날 수 있고 자신감을 지닌 태도를 가질 수 있는 것이다.

절망하지 말라. 좋은 것들을 성취하고 싶은 마음은 간절하나 비록 성취하지 못한다 하더라도 낙담하지 말라. 혹시 쓰러지더라도 다시 일어서도록 노력하고 어려움을 극복하도록 노력하라. 모든 사건의 본질과 사물의 본질을 터득하라.
- M. 아우렐리우스

자신의 의지와 자세를 가다듬어라

오늘 성공과 행복으로 이르는 길에서 당신의 의지와 자세를 다시 가다듬어라. 성공과 행복을 가져오는 요소 중 당신에게 가장 중요한 것은 자신의 의지와 자세이다.

정확히 비판하려면 비판의 대상을 사랑하면서, 일정한 거리를 두고 대상에서 떨어지는 일이 중요하다. 나라의 일, 남의 일, 자기의 일을 비판하는 데도 마찬가지이다.   - 앙드레 지드

0905

어려움에 처했어도
유머를 잃지 마라

어떠한 어려움에 처했어도 유머를 잃지 않는다
면 그 역경을 헤쳐 나갈 수 있으리라. 유머란 창조
적인 에너지를 더욱 증폭시켜주고, 우울함과 슬픔
들을 날려버려 당신의 마음을 기쁘게 해주는 힘을
가지고 있다.

웃음은 인간관계의 도로상에 있는 청신호이다. 그것은 암흑 속을 안내
하는 손이요, 폭풍우 속에서 용기를 안겨주는 것이다.

- 더글라스 미들

0906

사람은 누구나 고독한 존재이다

　살다보면 사람은 늘 고독할 수밖에 없다. 이 세상에 당신과 똑같은 사람은 아무도 없기 때문에 사람은 운명적으로 고독할 수밖에 없는 존재이다. 그러기에 오늘, 당신의 고독을 즐길 수 있는 사람이 되라. 당신에게 주어진 고독이야말로 당신을 당신답게 만드는 창조적인 힘이라는 것을 자각하라. 만약 고독이 없다면 당신은 타인과 구별되는 것이 없을지도 모른다. 고독은 바로 당신을 만들어가는 하나의 삶의 과정인 것이다.

이 세상에서 가장 강한 인간은 고독 속에서 혼자 서는 인간이다.
- 입센

습관적으로
분노하는 감정을 버려라

당신은 습관적으로 분노하는 감정을 버리기 위해 노력하라. 쓸데없이 분노하는 감정은 타인에게 해로울 뿐만 아니라 자신에게도 막대한 해를 가져온다. 분노의 감정을 제대로 조절하지 못하고 아무 때나 폭발하는 것을 방치한다면 그 결과는 아마도 당신 자신을 실패와 파멸의 길로 인도하는 요인이 될 것이다.

분노를 억제하지 못하는 것은 절제와 수양이 부족한 탓이다.

- 플루타르쿠스

선입견을 버려라

대부분의 사람들이 선입견에 사로잡혀 올바른 판단을 하지 못하는 경우가 종종 있다. 자신의 선호에 따라 판단을 그르치는 어리석은 일을 하지 말아라. 상대방이 싫은 것은 당신의 마음이 꺼리는 것이기에 어쩔 수 없다. 그러나 당신 마음의 싫은 감정을 일이나 기타의 관계로까지 확대한다면 결국 당신은 모든 것을 잃게 될 것이다.

진실을 전달하는 유일한 방법은 마음을 다하여 말하는 것이다. 그런 말이 아닐 경우 들리지 않기 때문이다.   - H. D. 소로

인생을 즐기는 마음을 가져라

인생을 즐기는 마음을 가져라. 밝고 명랑한 성격으로 인생을 즐기는 자세를 가져라. 당신이 우울해하고 좌절한다고 당신에게 닥친 문제가 해결되는가? 아마 당신에게 닥친 문제는 아무것도 해결되지 않으리라.

아무리 부가 탐난다 해도 자신의 만족에서 벗어난 것이면 눈을 돌리지 말아야 한다. 자기만족이야말로 가장 훌륭한 재산이기 때문이다.

- 사디

빛나는 사람이 되어라

자랑을 하지 않아도 빛나는 사람이 되기 위해 노력하라. 당신이 제대로 된 인격을 갖추고 또 능력을 갖춘다면 자기자랑을 하지 않아도 타인들이 알아서 인정해 준다. 자기자랑을 하지 않아도 빛날 수 있는 사람이 되는 것이 중요하다.

진정한 창조는 신만이 할 수 있다. 인간이 어떤 새로운 것을 만들어냈다고 하더라도 그것은 어디까지나 신의 계시에 의한 모방일 뿐이다.

- T. 칼라일

일을 억지로 하지 마라

당신의 노력이 자연스럽게 이루어지도록 하라. 일을 함에 있어서 노력은 하지만 당신의 내면에서 억지로 하고 있다는 신호가 오거나, 타인에게 억지로 일을 하는 듯한 인상을 준다면 지금 하고 있는 일에 대해 점검하라. 만약 그런 마음이나 인상이 있다면 당신의 노력이란 어떤 외부적인 요인이나 힘에 의해 억지로 끌려 다니면서 일하고 있다는 증거이다. 당신의 그런 노력의 결과는 미미할 것이다. 지금 당장, 일을 억지로 하는 것과 같은 마음자세는 버려라.

삶을 두려워 말라. 삶은 살아볼 만한 가치가 있는 것이라고 믿어라. 그 믿음이 가치 있는 삶을 창조하도록 도와줄 것이다.   - 로버트. H. 슐러

통찰력을 가져라

어떤 일을 함에 있어서 그 일의 본질을 꿰뚫어볼 수 있는 통찰력을 가질 수 있다면 그 일의 대부분을 성공적으로 마무리할 수 있는 것이다.

그 통찰력을 바탕으로 당신의 직감을 개발하는 훈련을 하라. 전문가라고 하는 것은 통찰력을 바탕으로 직감을 얻은 사람을 일컫는 말이다.

진리는 우리에게 신념을 줄 뿐 아니라 진리를 구한다는 사실이 우리에게 무엇보다도 마음의 평화를 주는 것이다.   - 파스칼

좋은 인상을 갖기 위해 노력하라

좋은 인상을 갖기 위해 노력하라. 타인에게 늘 산뜻한 느낌을 주는 것이 좋다. 당신에 대한 느낌을 타인에게 좋게 함으로써 타인의 기쁨과 신뢰를 끌어낼 수 있다. 그리고 당신이 그렇게 함으로써 자신감과 활력이 넘쳐나는 생활을 할 수 있다. 자신을 관리하지 못하는 사람은 남을 관리할 수 없는 법이다.

쇳덩이는 사용하지 않으면 녹이 슬고 물은 썩거나 추위에 얼어붙듯이 재능도 사용하지 않으면 녹슬어버린다.   - 레오나르도 다빈치

유연성을 지녀라

인간 관계에 있어 우연성을 지니도록 노력하라. 당신에게 어떤 일이 생겼을 때 본질에 대해서는 엄격하되, 그 인간 관계는 유연하게 대처해야 한다. 당신이 일을 함에 있어서 어떤 문제가 생겼을 때 상대방이 아닌, 그 일과 대립하고 있다는 사실을 깨달아라.

깊은 강물은 돌을 던져도 큰 파장이 일지 않는다. 모욕을 받고 이내 화를 내는 사람은 강도 아닌 조그마한 웅덩이에 불과하다.   - 톨스토이

이 세상에 존재함에 감사하라

감사하라, 당신이 주변 사람들을 위해 아주 작은 일이나마 했던 것에 대해서, 그리고 그들의 마음을 따뜻하게 해줄 수 있었던 당신의 상황에 감사하라.

감사하라, 오늘 온전히 당신의 의도대로 살지는 못했어도 하루를 무사히 마치고 또다시 내일을 준비할 수 있는 저녁을 맞았다는 것에 감사하라.

감사하라, 당신이 오늘 조금은 나태하게 살았지만 그럼에도 불구하고 태양은 내일 다시 당신 앞에 떠오를 것에 대해서 감사하라.

감사하라, 당신이 오늘 비록 허둥대다가 기회를 놓쳐버렸지만 내일 또 다른 기회가 찾아올 것에 대해 감사하라.

지난 죄를 착한 행실로써 보상하는 자는 이 어두운 세상에서 마치 흐린 날의 밤을 비추어주는 달과 같다. — 불교

0916

이 아침,
살아 있음을 기쁘게 생각하라

당신이 잠에서 깨었을 때 이 세상에 살아 있음을 생각하라. 그리고 당신이 살아 있음을 느껴라. 이 아침에, 당신의 몸에 새로운 활력과 용기가 넘쳐 난다는 것을 느껴라. 아침의 생명력이 당신의 몸으로 흘러 들어왔음을 느껴라. 이 아침에, 당신은 너무 많은 것을 바라지 말아라. 단지 저 들녘에서 아침을 맞는 꽃과 나무들처럼 투명한 아침 공기와 신선함을 즐기다가 그 자리에서 일어나 하루를 시작하라.

행운은 눈이 멀지 않았다. 따라서 부지런하고 성실한 사람을 찾아간다. 앉아서 기다리는 사람에게는 영원히 찾아오지 않는다. 걷는 사람만이 앞으로 나아갈 수 있다. 노력하는 사람에게 행운이 찾아온다.
- 클레망소

당신의 삶을 사랑하라

당신의 삶이 진정 어렵고 힘들 때에는, 당신의 마음속에 당신을 살아 있도록 하는 소중한 것이 간직되어 있다는 사실을 기억하라. 그것은 당신에게 힘을 주고 절망의 심연으로부터 꺼내주는 생명력인 것이다. 당신의 삶을 사랑하라. 그리고 삶이 진정 어렵고 힘들 때에는 그 사랑을 기억하라.

추위에 떨었던 사람일수록 태양을 따뜻하게 느낀다. 인생의 험한 항해에서 빠져 나온 사람일수록 생명의 존귀함을 알게 된다.   - 휘트먼

당신이 해야 할 일에 대해 생각하라

당신은 단지 먹고살기 위해 이 세상에 태어났는가? 조금만 눈을 돌린다면 이 세상을 살아 나가면서 할 일들이 얼마나 많은가? 당신은 단지 먹고살기 위해 이 세상에 태어나지는 않았다. 당신이 노력한다면 이 세상에서 좀 더 가치 있고, 뜻 있는 일을 할 수가 있는 것이다. 조금만 깨닫는다면 당신은 이 세상에서 당신의 신념을 이룰 수 있는 것이다.

인생이 그대를 위하여 어떤 의미를 가졌는가를 묻는 것은 잘못된 질문이다. 그대가 인생을 위하여 어떤 의미를 창조할 것인가를 인생이 도리어 그대에게 묻고 있다.
- 빅톨 프랭클

삶의 태도를 어떻게 가질 것인가

당신의 자세는 인생의 어떤 요소보다도 중요하다. 삶을 어떻게 살 것인가에 대한 진지한 물음과 삶을 살아가는 자세가 바로 당신의 삶에 있어서 핵심적인 요소다. 오늘 당신에게 확인하라. 오늘도 배우고 또한 계속 성장하고 있는지에 대해, 그리고 당신이 스스로에게 안 된다는 말을 하고 있는지에 대해 확인하라. 당신이 세상을 살아가면서 당신의 인생을 망치지 않기 위해 당신이 삶을 살아가는 자세에 신경을 써야 한다.

이 세상 어느 것 하나도 나와 관계없는 것은 없다. 인류, 도덕의 문제도 나의 일이며, 진리와 자유와 인도와 정의의 문제를 추궁함도 나의 일이다. 순전히 제 한 몸과 제 일만 생각하는 에고이스트는 부끄러워하라.
- 아우렐리우스 아우구스티누스

끝까지 희망을 버리지 말라

인간이 인간다운 것은 아무리 어려워도 희망을 꿈꿀 수 있기 때문이다. 어려운 시기에도 인간은 희망을 꿈꾸었기에 계속해서 어려움을 극복해 올 수 있었던 것이다. 당신이 희망을 꿈꾸고 있다는 것, 그것 자체가 행복이다. 세상이 아무리 어려워도 당신이 희망을 버려서는 안 된다. 사람들에게 밥도 중요하지만 더 중요한 것은 희망이다. 사람들은 희망을 먹고사는 존재들이다.

인생 속에 있는 것은 무엇이건 간에 겁낼 필요가 없다. 왜냐하면 그것은 오직 이해되도록 기다리고 있을 뿐이기 때문이다.   - 퀴리 부인

당신의 분노를 적으로 생각하라

분노를 당신의 적으로 생각하라. 분노는 남에게도 해롭지만 분노하고 있는 당신에게는 더욱 큰 해를 끼친다. 분노하고 있는 동안 당신 삶의 에너지는 부정적인 힘으로 변해 삶을 낭비하게 한다. 세상을 살아감에 있어서 분명한 것은 쓸데없는 분노는 당신을 해롭게 하는 적이다.

남과 사이가 좋지 못하거나 그 사람이 당신과 있는 것을 싫어하거나 당신이 옳은데도 그 사람이 동조하지 않으면, 정작 책망 받아야 할 사람은 바로 당신이다. 왜냐하면 당신이 그 사람에게 마음과 정성을 다하지 않았기 때문이다.

- 톨스토이

0922

오해는 모두에게 해가 된다

　어떤 오해를 하고 있다면 그 오해를 풀기 위해 최선을 다하라. 오해를 풀기 위해 대화를 시도하라. 그리고 대화를 할 때에는 당신만이 옳다고 우기지는 말아라. 그러면 타인은 오해로 인한 상처에 또 다른 상처까지 받을 수 있기에, 당신이 진정으로 마음을 털어놓고 이해하려고 노력하라. 그렇게 최선을 다한다면 만약 어떤 일이 오해였다면 틀림없이 그 오해는 풀릴 것이다.

나는 보석보다도 인격의 아름다움으로 장식되고 싶다. 보석은 재물에서 주어진 빈면, 인격은 정신에서 온다.
- B. 테일러

타인의 실수를 애정으로 꾸짖어라

타인의 실수를 애정으로 꾸짖어라. 우격다짐이나 힘으로 타인을 제압한다면 그는 마음에 심한 상처를 입을 것이다. 그리고 상대는 상처 입은 마음을 달래기 위해 보복을 준비할 것이다. 상대방이 당신에게 피해를 입혔다 하더라도 가능하면 용서하는 것이 바람직하다. 만약 당신이 상대방에게 용서가 아닌 보복을 한다면 그 보복은 또 다른 보복을 낳게 된다.

겸손하고 양보하는 마음은 인격을 완성하는 데 있어서 절대 필요한 양식이다. 이러한 인격 완성의 양식이 떨어지면 사람들은 교만하고 약해진다.

- J. 러스킨

삶의 산행을 떠나라

많은 사람들이 인생을 산행에 비유한다. 당신이 길을 나서면 동네의 좁은 골목길도 지나고 평탄한 도로를 지날 것이고 어느덧 산을 만나리라. 작은 언덕도 오르고 또 오솔길도 지나리라. 경사가 급한 험한 길도 만나고 꾸불꾸불한 산길도 걸을 것이다. 그러다 당신은 산의 정상에 오를 것이다. 가장 중요한 것은 오르는 것보다도 내려오는 것이다. 겸허하게 내려오는 마음이 없다면 당신에게 사고의 위험은 증가한다. 삶의 산행도 마찬가지이다. 올라가는 것도 중요하지만 다시 내려오는 것이 더 중요한 것이다. 대부분의 사람들은 올라갈 일만 생각하고 내려올 일은 생각하지 않는다. 하지만 올라가는 것에 노력을 기울이는 것 이상으로 하산하는 것에도 신경을 써야 한다.

강요받지도, 강요하지도 마라

자신의 생각을 남에게 강요하지 마라. 당신과 타인이 소중하게 여기는 것들이 다 다를 수 있다. 그러기에 당신의 생각을 남에게 강요하지 마라. 또 남의 생각을 당신의 가치관에 강요받지 마라.

가장 단순한 의문은 가장 심오한 의문이다. 당신은 어디에서 태어났는가? 당신의 집은 어디인가? 당신은 어디로 가는가? 당신은 무엇을 하고 있는가? 이런 것들에 관하여 생각하라. 그리고 보라. 당신의 대답이 바뀌는 것을.

- 리처드 바크

당신의 길을 가라

당신의 길을 가라. 주변에 있는 사람들이 무슨 말을 하든 그 길을 묵묵히 가라. 주변의 비난과 비웃음을 두려워하지 말고 당신의 길을 가라. 당신 운명의 주인은 당신이다. 다른 사람의 충고나 잠언을 받아들이지 말라는 것이 아니라, 당신 삶에 있어서 중요한 결정을 당신이 내리라는 것이다. 그 결정은 삶의 갈림길에서 내린 삶의 선택인 것이다.

당신 자신을 세상의 어떤 사람과도 비교하지 말라. 비록 그가 예수, 석가모니라 할지라도…… 왜냐하면 비교를 통해 잃어버리는 것은 당신 자신에 대한 자기애일 뿐이기 때문이다. - 비마라 타가르

자신을 돌아볼 줄도 알아야 한다

대부분의 사람들은 지금 지옥보다도 더한 고통
이 아우성치는 세상에 살고 있다. 당신도 이 세상
에서 본성을 잃어버리고, 지금 악한 기운이 가득
찬 세속의 욕망으로 인해 고통스러워하고 있다. 이
제 자신을 뒤돌아보아야 한다. 삶의 여유를 되찾고
생명의 근원인 자연을 바라보아야 한다. 그리하여
마음을 정화시킬 수 있도록 당신이 노력하라.

아주 비현실적이라고 생각되는 아이디어라도, 일단 머리에 떠오르거든
잊어버리기 전에 곧 적어 놓아야 한다. 언제나 수첩과 펜을 가지고 다
녀라.
- 디오도어 루빈

0928

때로는 차라리 이등을 하라

당신에게 많은 희생이 필요한 일등이라면, 차라리 이등이 더 낫다. 무조건적으로 일등을 할 필요는 없다. 만약 일등을 한다면 일등이 당신에게 만족감을 안겨주기는 할 것이다. 그러나 그 만족감을 얻기 위해 당신이 다른 많은 것을 희생할 필요는 없다.

비교는 친구를 적으로 만든다.

- 필레몬

자부심을 가져라

자신에게 자부심을 가져라. 타인들이 비난하고 흉본다 할지라도 당신이 가지고 있는 목표가 정당하다면, 그리고 당신이 세상을 살면서 꼭 이루어야 할 일이라면 그 목표를 향해 묵묵히 전진하라. 당신에 대한 진정한 평가는 당신 자신만이 할 수 있는 것이다.

자신에 대해 정당하게 평가하라. 그리하여 이 세상에 오직 하나밖에 존재하지 않는 당신이 가장 소중한 존재라는 것을 깨달아라. 당신에 대해 자부심을 가져라. 그 자부심을 바탕으로 해 당신에게 주어진 오늘의 삶을 성실하게 살아라.

불완전이 우리들의 어머니이다. 노력은 우리들을 강하게 해주는 나날의 양식이다. 고뇌와 비참함과 근심과 슬픔은 동행자이다. 그들을 꺼려하지 말고 기꺼이 환영해야 한다. 어떠한 경우에도 당황하지 말자.

- J. 반네스

자신을 믿어라

자신을 믿어라. 자신을 믿지 못하면 당신은 금방 나약해질 수밖에 없다. 당연히 자신감을 상실하고 자포자기의 심정으로 이 세상을 살아가게 될 것이다. 자신을 믿어야 한다. 비록 당신 자신이 약점이 많고 불완전할지라도 믿어야 한다. 그 약점과 불완전함을 어떻게 활용하느냐에 따라 성공적인 삶이 열리느냐 아니면 실패의 나락으로 빠지느냐가 결정되는 것이다. 당신이 자신을 믿지 못하는데 어떻게 다른 사람이 당신을 신뢰할 수 있겠는가?

누구나 결점이 그리 많지는 않다. 결점이 여러 가지인 것처럼 보이지만 근원은 하나다. 한 가지 나쁜 버릇을 고치면 다른 버릇도 고쳐진다. 한 가지 나쁜 버릇은 열 가지 나쁜 버릇을 만들어낸다는 것을 잊지 말라.
- 파스칼

October

10

나에게 있어 최대의 영광은 한 번도 실패하지 않는 것이 아니라,
넘어질 때마다 다시 일어나는 것이다.
- 골드 스미스

욕망의 탑에서 벗어나라

사람들은 이 세상을 마치 자기의 소유처럼 생각하고 있지만 세상이란 사람이 잠시 머물다 가는 곳일 뿐이다. 세상은 사람에게 영원한 곳이 아니다. 그런데도 사람들은 이 세상에서 끊임없이 욕심을 부리고 있다. 마치 그 옛날에 사람들이 신에게 다가가기 위해 바벨의 탑을 세우는 것처럼…….

살아가면서 중요한 것 중의 하나는 당신의 삶을 파괴하고 결국에는 불행하게 만드는 욕망의 탑으로부터 벗어나야 한다는 것이다.

덕을 삼가려면 모름지기 아주 작은 일에도 삼가고, 은혜를 베풀 때는 갚지 못할 사람에게 힘써 베풀라.
- 홍자성

1002

진실성을 지녀라

　인간관계에 있어 진실성을 지녀라. 당신이 타인을 진심으로 대하고 상대방에게 신뢰감을 쌓아야 한다. 만약 거짓으로 사람들과 인간관계를 맺다보면 그 관계는 오래가지 못할 것이다.

모든 사람은 불완전하기 때문에 사랑한다. 사람이 완전치 못한 것은 이미 하늘이 정한 일이다. 그러므로 인간 생활에 공통적으로 적용되는 원칙은 각기 노력해야 한다는 점이다. 그리고 남에게 관대해야 한다. 완전이란 오로지 신에게만 있는 것이며, 사람은 다만 그에게 가까이 갈 수 있을 뿐이다.　　　　　　　　　　　　　　- J. 러스킨

1003

사소한 습관이
당신의 내일을 좌우한다.

　매일 부딪히는 사소한 일이나 사소한 선택은 바로 당신의 습관을 만드는 것이고, 그 습관은 어찌 보면 사소한 것에 불과하지만 당신의 미래를 좌우할 만한 중요한 것이기도 하다.

　매일의 사소한 일이나 선택을 중요하게 여겨 좋은 습관을 몸에 익힌 사람은 아마도 그만큼 사는 보람을 자신의 삶에 보탤 것이고, 나쁜 습관에 익숙해진 사람은 그 습관을 고친다는 것이 너무 어렵고 그 나쁜 습관으로 인한 힘들어진 삶은 아마도 좀처럼 바꾸기 어려울 것이다.

걸음마를 배우는 어린아이를 본받자. 어린아이의 집중력을 배우자. 걸을 수 있을 때까지 도전하는 어린아이의 그 인내를 터득하자.
- 에리히 프롬

1004

아무리 사소한 약속이라도 지켜라

　본의든 본의가 아니든 한 번 한 약속은 지켜야 한다. 타인의 신뢰를 무너뜨리는 것은 사소한 약속을 지키지 못하는 데 있다. 중요한 약속은 지키려고 노력하는데 사소한 약속은 쉽게 저버릴 수 있다. 그러나 그 사소한 약속을 지키지 않는 것은 신뢰를 무너뜨리는 행위다. 그리고 한 번 무너진 신뢰를 다시 회복하기까지는 많은 노력과 시간이 필요하다. 당신이 만약 타인의 신뢰를 얻으려면 아무리 사소한 약속이라도 최대한 지켜야 한다.

자기가 지금 하고 있는 일, 이미 한 일을 마음으로부터 즐기는 사람은 행복하다.
　　　　　　　　　　　　　　　　　　　　　　　　　　　　- 괴테

거절할 땐 단호하게

　자신의 생각이나 가치관 그리고 윤리적인 측면에서 자신이 옳지 않다고 생각된다면 혈연, 학연, 지연 등의 관계로 서로 얽매어 있거나 아무리 친한 사람의 부탁이라도, 나아가 직장 상사의 명령이라 할지라도 단호하게 거절해야 한다. 이런 삶의 태도가 자신의 삶을 조금이라도 덜 고통스럽게 만든다.

얼굴은 늘 단정하면서 침착한 태도를 가질 것이며, 의복은 항상 정결해야 한다. 또 걸음걸이는 활기가 있어야 한다.　　　　- 장사숙

용기를 내어 도움을 청하라

당신을 압박하는 끊임없는 일들, 더 이상은 어떻게 해결할 수 없을 것만 같은 좌절감, 이제는 끝이라는 깊은 절망감…… 모든 걸 다 내던지고 떠나 버리고 싶은 당신의 마음, 어디론가 사라지고 싶다는 충동적 요구, 그러나 당신은 떠날 수 없는 상황…… 이럴 때 당신은 어떻게 할 것인가?

자신의 힘으로는 해결할 수 없는 늪에 빠져 있다면 그대로 방치하지 말고 도움을 요청하라. 당신의 삶을 다시 일으켜 세우기 어려운 상황으로 치닫는 것보다는 도움을 요청하는 편이 현명한 행동이다.

타인에게 존경을 받고 싶으면 먼저 자기자신을 존경하는 것 즉, 자존감을 가져야 하는 것이다.

- 그라시안

불평 · 불만으로
당신의 삶을 채우지 말라

당신뿐만이 아니라 대부분의 사람들은 불평 · 불만을 말하는 데 주저하지 않는다. 불평 · 불만을 말하는 것도 사람에 따라 다양하다. 그리고 그것들은 삶에 녹아 있어서 의식적이든 무의식적이든 시도 때도 없이 마구 튀어 나온다.

그렇기에 당신이 불평 · 불만을 늘어놓기 전에 자신의 일을 좀 더 신중하게 생각하고 불평 · 불만을 아끼면 당신이나 주변 사람들의 기분을 훨씬 좋게 해줄 수 있는 것이다. 불평 · 불만으로 당신의 삶을 채우지 말라. 결국 당신만 망칠 뿐이다.

나에게 있어 최대의 영광은 한 번도 실패하지 않는 것이 아니라, 넘어질 때마다 다시 일어나는 것이다.
- 골드 스미스

늘 긍정적인 생각을 하라

당신의 삶을 변화시키고 싶다면 당신은 단지 자신의 부정적인 생각은 조금 덜고, 긍정적인 생각을 조금 더하는 것으로 자신의 삶을 변화시킬 수 있을 것이다. 성격의 긍정적인 면을 더욱 향상시켜라. 당신이 그렇게 할 수 있다면 인생은 지금보다 한층 풍요로워지고 결국 목적하는 바를 이룰 수 있게 될 것이다.

무슨 일이든 연습을 하면 쉬워지듯이, 건강한 정신을 유지하는 데에도 연습이 필요하다. 당신이 행복이라는 멋진 느낌을 신뢰하면 할수록, 그만큼 당신은 그 상태에 오래 머무를 수 있다.   - 리처드 칼슨

1009

당신 마음속의 걱정을 몰아내라

마음속에 있는 걱정이야말로 당신을 늙고 추하게 만드는 가장 큰 요인인 것이다. 그것들은 당신의 마음을 어지럽히며 올바른 생각을 방해한다. 당신이 활력 있는 삶을 살기 원한다면, 당신을 죽이고 있는 마음속에 있는 걱정부터 몰아내라.

오늘 이 순간, 모든 열정과 노력을 기울이는 것이 당신의 내일을 위하는 길이다. 과거와 미래도 중요하지만 가장 중요한 것은 오늘이다. 당신이 오늘에 충실하다면 당신을 망치는 걱정은 당신의 마음속으로부터 저절로 사라질 것이다.

인간은, 자기 일생은 자기자신이 이끌어간다고 생각하고 있다. 그러나 마음 깊숙이 운명이 이끄는 대로 이것에 항거할 수 없는 것을 지니고 있다.

- 괴테

당신의 과거도 중요하다

과거를 소중하게 여겨라. 다시 떠올리기 싫은 과거도, 마음을 쓰라리게 했던 과거도 소중하게 생각하라. 과거는 바로 당신을 만드는 중요한 자산인 것이다.

당신 과거의 자산들에 대해서 지금 활용할 수 있는 것들을 목록으로 만들어보라. 이것들을 잘만 활용한다면 당신의 삶은 분명 과거보다는 풍요로워질 것이다.

매일을 그대를 위한 최후의 날이라고 생각하라. 이렇게 하면 생각지도 않았던 오늘을 얻어 기쁨을 맛볼 것이다.   - 호라티우스

과거는 자신의 자산이다

오늘 우리의 소중한 자산인 과거를 더욱 소중하게 여길 수 있는 마음자세를 지니자. 비록 과거가 사랑과 기쁨만이 아니라 슬픔과 실패, 미움이 함께 공존한 것이라도 과거는 당신에게 있어 너무 소중한 자산인 것이다. 과거를 돌아보고 그 과거 속에서 지금의 당신을 본다면 아마도 미래의 당신도 볼 수 있을 것이다.

시간은 금이다. 그러나 한 푼의 가치도 없는 일 년이 있는가 하면 수만 금을 쌓아도 마음대로 할 수 없는 반 시간이 있다. 시간에도 여러 가지가 있는 셈이다.

- 톨스토이

앞으로 나아가라

당신에게 과거가 있었기에 지금이 있는 것이다.
과거를 부정하면 할수록 당신의 삶만 힘들어진다.
과거는 그것이 좋았든 나빴든 받아들여라. 그리고
그것을 당신의 내일을 위한 소재로 사용하라.

때를 놓치지 말라! 이 말은 인간에게 주어진 영원한 교훈이다. 그러나
인간은 그리 대단치 않게 여기기 때문에 좋은 기회가 와도 그것을 잡
을 줄은 모르고 때가 오지 않는다고 불평만 한다. 하지만 때는 누구에
게나 오는 것이다.   - D. 카네기

1013

인연을 소중하게 생각하라

오늘 당신과 인연을 맺은 사람들을 소중하게 생각하라. 인연을 맺은 상대방에게 감사의 마음을 가지는 것은 물론 당신이 할 수 있는 한 상대에게 감사의 표시를 하라. 인간관계에 있어 머리로만 생각하고 실천하지 않는다면 소용없는 일이다. 당신이 알고 있는 것을 실천하라.

모든 사람에게 예의바르고, 많은 사람에게 붙임성 있으며, 몇 사람에게 친밀하고, 한 사람에게 벗이 되고, 누구에게나 적이 되지 말라.
- B. 프랭클린

1014

사람과 사람의 관계

인간관계의 중요성을 깨달아라. 행복한 자신을 만들고, 성공한 자신을 만드는 데 있어 인간관계의 중요성은 아무리 강조해도 지나침이 없는 것이다. 상대방을 위해 뭔가를 해주는 것이 인간관계의 첫걸음이다. 당신이 상대방을 위해 베풀 수 있는 것이 무엇인지를 파악하고 그것을 실천하라. 사람과 사람의 관계, 그것은 세상과 당신과의 관계이다.

자기자신만 생각하고 모든 것을 자기의 이익에 귀착시키는 사람은 행복하게 살 수 없다. 진정으로 자신을 위해서 살려면 이웃을 위해서 살아야 한다.　　　　　　　　　　　　　　　　　　　　　　- 세네카

상대를 진심으로 대하라

인간관계를 맺을 때 거짓으로 상대를 대하지 말라. 진심으로 상대를 대하면, 상대도 그 진심을 느끼고 당신을 진심으로 대할 것이다.

그렇다면 어떻게 하면 인간관계를 풍요롭게 할수 있을까? 그것은 아마도 겸손함으로 다른 사람들과 어울리기를 좋아하고, 다른 사람에게 베풀 줄아는 것이 인간관계를 풍요롭게 하는 방법일 것이다. 특히 다른 사람들과의 약속을 잘 지키는 습관을 지니고 있다면 인간관계에 있어 성공할 확률이높을 것이다.

우리에게 도움이 되는 진리는 대부분 반만 말하여진다. 그러나 우리는
그 의미를 온전히 이해해야 한다.　　　　　　　　　　　- 그라시안

가족의 소중함과 가치를 발견하라

성공하는 당신을 만들기 위해 가정은 아주 중요한 요소이다. 당신의 위기는 가까운 주변에서 오기 쉬운데, 때때로 가정에서 발생할 수도 있는 것이다. 그러기에 평소에 가정에 대해 신경을 써라. 당신의 성공과 발전을 만드는 가장 필수적이고 시발점이 되는 것은 가정이라는 사실을 인식하라. 가정은 당신의 발전에 있어 하나의 축을 담당하는 바퀴이다. 가정이 덜컹거리면 당신의 삶 전체가 흔들릴 수 있다. 더 늦기 전에 가족의 소중함과 그 가치를 발견하라.

남편이 아내를 사랑하고 아내가 남편을 사랑하지 않고서는 행복한 가정을 이룰 수 없다. 가정에서 느끼는 행복은 두 사람의 정신과 인격이 성숙해감에 따라서 점점 견고해진다. 서로가 그 정신을 높이고 인격을 원숙하게 해나가다 보면 가정의 행복이 증진되는 것이지, 처음부터 완전히 행복한 자리에서 시작되는 부부는 없는 것이다.   - 로렌스

자신에게 엄격한 사람이 되라

타인에겐 엄격하고 자기에게 너그러운 사람들은 결국 타인의 눈에는 투정이나 부리고 짜증을 내는 것으로 비춰진다. 사람들은 그 단계가 심해지면 그 사람을 이중인격자로 본다.

사람의 성품 중에 가장 뿌리 깊은 것은 교만이다. 나는 지금 누구에게 나 겸손할 수 있다고 자랑하고 있는데 이것도 하나의 교만이다. 겸손 을 의식하는 동안에는 아직 교만의 뿌리가 남아 있는 증거이다.

- 체스터필드

말하는 것도 배워야 한다

당신은 그 누구와도 대화를 나눌 수 있고, 또한 능숙하게 대화를 나눌 수 있는 사람이 되어야 한다. 그것은 당신이 삶을 만들어가는 과정 중에서 아주 중요한 한 부분을 차지한다. '천 냥 빚도 한 마디 말로 갚는다.'라는 말처럼 잘하면 대인관계가 원만해진다. 그렇다고 아첨을 하라는 것이 아니다. 남을 배려해 주는 마음을 가지고 진심으로 얘기한다면 상대도 그 말을 진심으로 받아들일 것이다. 말은 함부로 쏟아낼 성질의 것이 아니다. 잘하면 약이지만 못 하면 독약이 되는 것이다. 말을 할 때는 늘 조심스럽게 해야 한다.

욕설은 한꺼번에 세 사람에게 상처를 준다. 욕을 먹는 사람, 욕을 전하는 사람, 그러나 가장 심하게 상처를 입는 사람은 욕을 한 자신이다.

- 막심 고리키

꿈의 목록을 만들어라

꿈과 목표를 적어보아라. 그리고 당신의 삶에 긍정적인 문장을 적어라. 당신이 읽은 책 중에서 좋은 문장, 기분을 좋게 했던 이야기들을 적어보아라. 당신의 삶에 활력을 불어넣어준다. 다음날 할 일에 대해 목록을 만들라. 계획 없이 내일을 맞는다면 시간 낭비는 커질 것이다. 최소한 1주일 단위의 시간표를 작성해 실천하라.

짧은 시간이라도 짬을 내어 책을 읽고 또 운동을 하라. 정신적인 건강과 육체적인 건강은 당신의 삶에 있어 발전과 성공을 가져올 것이다.

진실성이 결여된 칭찬은 아첨일 뿐이다.   - 빅토르 위고

성장은 영혼을 가꾸는 일이다

당신의 육체는 25년, 심장은 50년 동안 성장하지만 정신은 언제까지나 성장한다. 육체는 유한하지만 정신의 크기는 무한하다. 육체는 비록 자연으로 돌아가지만 그 정신은 남아서 후대로 이어진다. 인생의 절정기는 중년이라 할 수 있다. 그 시기에 사람들은 보다 완숙해지고 영혼은 성숙기를 맞이한다. 사고는 더욱 넓어지고 능력은 최대한 발휘되며 행동은 이성에 순응한다. 모든 것들이 무르익고 성숙해진다. 당신은 그 시기부터 새로운 삶을 위해 또 다른 시작을 준비해야 한다. 그러나 절정기를 맞고도 아무 변화가 없는 사람이 있는가 하면, 어떤 사람은 날마다 새롭게 태어나는 기분으로 삶을 영위하기도 한다. 인생의 황금기를 어떻게 맞이하느냐에 따라 당신의 삶이 결정된다.

산다는 것은 경험한다는 것이다

산다는 것은 경험하는 것이며, 자기 몸에서 끊임없이 우러나오는 생명력을 느끼는 것이다. 새로운 경험을 하지 않는 인간은 정체된다. 스스로 경험하지 않고 남의 경험에 의해서 이끌리는 자는 식물화한다. 새로운 경험을 하기 위해서 우리는 의식적으로 항상 깨어 있으며 또한 마음을 열어 놓아야 한다.

모든 장애물이 곧 기회라는 것을 명심하고 장애물을 찾자.

- 로버트 H. 슐러

운명은 시련의 순간에 결정된다

사람을 사람답게 만들고 지혜를 얻도록 만드는 것은 바로 고난과 시련이다. 시련을 겪기 이전에는 참다운 사람이 되지 못한다. 배를 곯아본 사람만이 음식의 소중함을 알 듯이 당신도 시련을 통해 진정한 자아를 찾게 된다. 인생을 살아가면서 평탄한 길만 걸어간다면 그 얼마나 따분하고 심심하겠는가. 당신의 앞을 가로막는 장애물이 나타나더라도 그것을 헤치고 나아감으로써, 미래의 문은 열리고 지혜를 얻게 되며 운명을 개척해 나갈 수 있는 것이다.

불행이야말로 우리의 가장 훌륭한 스승이다. 불행은 돈과 사람의 가치를 가르쳐준다. 역경에 처해 있으면서 타락하지 않는다면 그 자체만으로도 매우 위대하다.
- H. 발자크

강물의 흐름은 깊고 조용하다

흐르는 시냇물은 몇 삽의 흙으로도 그 흐름을 막
거나 바꿀 수 있지만 그러한 시냇물이 모여 이룬
큰 강은 아무리 둑을 쌓아도 그 위로 넘쳐흐른다.
이처럼 작은 것이 모여 이루어진 것은 어떠한 외
압에도 본래의 모습을 변치 않고 그것들을 이겨내
어 목적지에 도달하게 된다.

느닷없이 떠오르는 생각이 가장 귀중한 것이며, 보관해야 할 가치가
있는 것이다. 메모하는 습관을 갖자.
- F. 베이컨

배는 바람을 이용할 때 더욱 빠르다

모든 일을 할 때에는 당신의 집중력을 최대한 이용해야 좋은 결과를 얻을 수 있다. 그렇지 않으면 일은 지연되고 싫증을 느끼게 되어 좋은 결과도 얻을 수 없게 된다. 집중력은 마치 바람을 이용해 항해를 쉽고 순조롭게 이끄는 돛과도 같다. 어떤 일을 하든지 간에 자신의 생각을 한곳으로 모아 집중력을 기르는 일은 어쩌면 가장 먼저 해야 할 인생의 목표인 것이다. 집중력을 발휘해 일을 추진하고 있는 당신은 이미 많은 고난을 극복하고 있는 것이며, 앞으로 닥칠 험난한 역경도 극복할 수 있는 것이다. 그러나 집중력을 발휘하지 않고 어떻게 잘 처리되겠지 하고 생각한다면 아무리 성공을 갈망해도 결국 실패로 끝나고 말 것이다.

우리가 변하기 전엔 아무것도 변하지 않는다.   - 앤드류 매튜스

1025

일단 날아올라라

인간은 자신의 목표를 이루려고 부단히 노력하는 존재이다. 그 목표를 이루기 위해서는 일단 날아올라야 한다. 날아오른 뒤에야 어디로 가야 할지, 어떻게 해야 할지를 결정하게 된다.

독수리가 하늘 높이 날기 위해서는 그 전에 몇 번이고 세찬 바람 속에서 나는 연습을 해야 한다. 그렇지 않으면 아무리 독수리라 할지라도, 다만 땅 위를 기어다녔을 것이다.

- 피카

미래를 예측하라

과거를 돌이켜 생각하고 현실을 직시해 미래를 예측해야 한다. 예측함으로써 계획을 세울 수 있고 그 계획대로 실행할 수 있게 된다. 당신도 당신의 과거를 돌이켜 반성해 보고, 현재의 자신을 제대로 바라보아 어떤 미래를 맞이할 것인가를 생각해 보라. 밝은 미래가 보이지 않는다면 현실에 더욱더 충실하고 자기개발을 통해 자기발전을 이루어야 할 것이다.

참다운 정열이란 아름다운 꽃과 같다. 그것이 피어난 땅이 메마른 곳일수록 한층 더 보기에 아름다운 것이다.   - 발자크

피할 수 없으면 즐겨라

폭포의 근원지를 알기 위해서는 절벽 위로 올라가야 하듯이 인생의 참다운 기쁨을 얻기 위해서는 어떠한 모험도 마다해서는 안 된다. 마찬가지로 세상을 알려면 세상에 발을 딛고 가슴으로 세상을 안고 그 세상을 부대껴 느껴보아야 한다. 당신이 당신의 마음을 열어두면 날마다 새로운 모험을 시도할 수 있다.

당장 일어나 세상으로 나가라. 어떤 험난한 고난과 파도가 기다리더라도 그것을 즐기며 이겨내야 한다. 그것을 벗어났을 때 비로소 인생의 기쁨을 누릴 수 있게 된다.

항상 나를 새롭게 하지 않으면 그것은 곧 죽음이라.　　　　　- 성경

지혜를 통해 인생의 교훈을 얻어라

세상은 당신이 어떻게 보느냐에 따라 천국도 될 수 있고 지옥도 될 수 있다. 오늘 지혜로운 자가 되어 인생을 다양한 각도에서 바라보고 다양한 방면에서 새롭게 시작하라.

오늘 배우지 아니하고 내일이 있다고 말하지 말며, 올해 배우지 아니하고 내년이 있다고 말하지 말라. 날과 달은 흘러가서 세월은 나를 위해 늦추지 않는다. 아! 늙었도다. 이 누구의 허물인가.   - 주자

우리는 자유로워질 수 있다

사람들은 이 세상에서 단지 먹고살기 위해 많은 것들을 잃어버리고 있다. 세상의 아수라장에서 한 발 비켜나면 그것보다도 더 뜻 깊고 보람찬 일들이 많은데 세상의 고정된 관습을 버리지 못하고 세파에 흔들리면서 살고 있다. 조금만 다른 방향에서 노력한다면 내 스스로가 삶의 무지로부터 벗어날 수 있고 자신이 탁월하고 지적으로 우수하며 재능 있는 존재임을 발견할 수 있을 것이다.

참된 자유는 지성적이다. 진짜 사유는 훈련된 사유 능력 안에 머문다.

- J. 듀이

1030

세 살 버릇이 여든까지 간다

습관이란 여러 번의 경험을 통해 당신의 몸에 밴 일종의 무의식적으로 나타나는 행동이다. 좋은 습관이든 나쁜 습관이든 자신도 모르는 사이에 밖으로 표출되어 남의 눈에 띄게 된다. 따라서 올바른 습관은 어린 시절부터 기르는 것이 좋다. 일단 한 번 몸에 밴 습관은 좀처럼 변화시키기 어렵다. 그러므로 곁에서 누군가 당신의 습관을 보고 칭찬이나 충고를 해줄 사람이 필요하며, 당신은 칭찬을 받은 습관에 대해서는 그것을 더욱더 실천해야 하고 충고받은 습관은 의지를 가지고 고치려는 노력이 필요한 것이다.

일생은 짧다. 무슨 일이든지 이성과 양심이 명하는 길에 따라 하도록 힘쓰고, 여러 사람의 행복을 위해서 마음을 써라! 그것이 인생의 가장 값있는 열매이다.
- 아우구스티누스

두뇌 활동을 활발하게 하라

인간의 모든 것을 조종하는 두뇌의 활동을 왕성하게 하라. 인간의 두뇌가 육체에서 차지하는 부분은 얼마 되지 않지만 사용하면 할수록 그 기능은 한없이 발휘된다. 인류의 모든 문명과 업적은 인간의 끝없는 두뇌 활동에 의해 이루어졌다고 해도 과언이 아니다.

활은 아무리 잡아당겨도 더 많이 휘어질 뿐 쉽게 부러지지 않는다. 많이 휘어진 활에서 시위를 당기면 화살은 멀리 날아가게 된다. 이처럼 당신의 두뇌를 왕성하게 사용해 그 능력을 최대한 활용하도록 해라. 두뇌는 더욱 민첩하게 반응하고 점점 더 활발하게 움직일 것이다.

삶은 새로운 것을 받아들일 때만 발전한다. 삶은 신선해야 하고 결코 아는 자가 되지 말고 언제까지나 배우는 자가 되어라. 마음의 문을 닫지 말고 항상 열어두도록 하여라.
- 라즈니쉬

Novermber

11

듣지 않는 것은 듣는 것보다 못 하며,
듣는 것은 보는 것보다 못 하다.
보는 것은 아는 것보다 못 하며,
아는 것은 이를 행동하는 것보다 못 하다.
- 순자

말이 많음을 스스로 경계하라

신이 인간에게 준 말은, 잘만 사용하면 선물이지만 잘못 사용하면 재앙이 된다. 말을 함에 있어 조심하라. 말을 잘못해 타인에게 씻을 수 없는 상처를 입히는 경우도 있고 타인의 말에 의해 상처를 받을 때도 있다. 칼로 인한 상처는 상처가 아물면 잊히지만 말로 인한 상처는 아주 오랫동안 삶의 마음속에 머문다. 마음의 상처는 그 어떤 상처보다 깊고 크다.

말다툼을 할 때 자신의 말이 부드럽고 논리에 맞도록 노력하라. 상대방이 화를 내도록 할 게 아니라 상대를 설득할 수 있도록 말을 해야 한다.
- 윌킨스

현명한 사람은

꽃은 만개하고 나면 지기 시작하고 달 또한 차면 기운다. 산 정상에 오르면 내려가야 한다. 당신이 현명한 사람이라면 움직이고 있을 때, 정지할 시기를 생각해야 한다.

훌륭한 사상은 역시 훌륭한 인격에 담긴다. 작은 그릇에는 적은 양의 음식밖에 담기지 않듯이 인격이 작고서는 큰 사상이 담길 도리가 없다. 작으나 크나 사상은 그 사람의 인격을 토대로 세워진 하나의 건축물이다.
- 알랭

마음이 풍족한 사람이 되라

남을 보살피며 돕는 것은 너무나도 아름다운 것으로써 모든 사람으로부터 사랑을 받게 된다. 비록 보이지 않는 곳에 있더라도 환한 빛이 당신을 비추게 되어 드러내지 않아도 저절로 알게 된다. 물질적으로 풍요한 사람이 되지 말고 정신적으로 풍족한 사람이 되어야 한다. 그리하여 그 넓은 가슴으로 다른 사람을 포용하고 세상을 안아서 더 멋진 세상을 만들어보자.

우리는 자신의 허물을 지적해 주는 사람에게 감사할 줄 알아야 한다. 물론 허물을 지적해 주었다고 해서 그 허물이 없어지는 것은 아니지만, 지적해 줌으로써 자신의 허물을 볼 수 있게 된다. 그런 허물은 우리의 마음을 불안하게 하고 양심의 가책을 느끼게 해, 그 허물을 고쳐 불안한 마음에서 해방되려고 노력할 것이기 때문이다.   - 파스칼

완전한 절망은 없다

삶을 살아가면서 항상 좋은 결과만을 얻을 수는 없다. 자신의 능력과 주어진 환경 등 여러 조건들로 인해 실패를 경험하는 경우도 많다. 그러나 당신은 어떤 고난과 좌절 앞에서도 결코 주저앉아서는 안 된다. 아무리 힘들고 열악한 상황일지라도 언제라도 다시 일어나 도약할 수 있도록 준비하고 있어야 한다. 힘든 시기가 지나면 축복의 미래가 당신을 맞이한다. 당신이 목표와 신념을 가지고 있다면 아무리 거센 폭풍우를 만난다고 해서 그 항해를 중단하지는 않을 것이다. 그것과 싸워 이겨 끝내 원하는 목적지에 도달하게 된다.

미래를 여는 힘은 우리의 상상력에 있다. 그것이 논리적이든 비판적이든 창조적이어야 한다.   - 로버트 융크

1105

우리를 행복하게 하는 것

사랑이 없는 부와 권력, 명예는 사람을 행복하게 만들지 못한다. 인생을 살면서 사랑의 의미를 깨달았을 때 우리는 진정 행복할 수 있다. 우리를 행복하게 하는 것, 그것은 사랑이다.

나이가 든 다음, 예전의 삶을 돌이켜볼 때 즐겁지 않았던 부분은 모두 제외한 다음 만족과 기쁨으로 보낸 가장 좋았던 생활을 바라보는 사람은 자기자신이 매우 젊어졌다는 느낌을 받게 될 것이다. - 리처드 스틸

지혜는 영혼을 더욱 풍요롭게 가꾼다

지식이 겉으로 표출된 것이라면 지혜는 마음속에 내재된 지식과 같은 것이다. 지식은 많은 것을 배워 쌓을 수 있으나 지혜는 세상을 살면서 경험을 통해, 대화를 통해, 독서를 통해 터득해 나가는 것이다. 따라서 많이 배우지는 않아도 지혜로운 사람이 있는 것이다. 당신은 지혜로운 사람이 되도록 노력해야 한다. 지혜는 당신의 영혼을 더욱 풍요롭게 가꾸어주기 때문이다.

오늘 할 수 있는 일은 내일로 미루지 말라. 자기가 할 수 있는 일은 남에게 미루지 말라. 싸다고 해서 필요치 않은 물건을 사지 말라. 지나치지 않고 알맞게 행동하면 후회하는 일이 없다.   - T. 제퍼슨

마음을 열어라

당신이 살아온 길을 돌이켜 생각해 보고 현재의 상황을 직시하면 당신이 가야 할 길은 명확히 드러날 것이다. 그러면 현재 상황에서 자기발전을 위해 능력을 계발해야 한다. 그러는 사이에 당신은 주어진 운명을 받아들이고 어떠한 유혹에도 동요되지 않는 지혜를 배우게 된다. 삶은 살아갈수록 더욱더 복잡해지지만 폭넓고 깊은 지혜를 쌓아 이를 활용한다면, 어두운 바다에서 항해한다고 할지라도 목적지로 인도해 주는 한 줄기 빛이 당신의 눈에 보이게 될 것이다.

인생은 반복된 생활이다. 좋은 일을 반복하면 좋은 인생을, 나쁜 일을 반복하면 불행한 인생을 보내는 것이다.   - W. N. L. 영안

행복에 이르는 길은 무수히 많다

당신은 수없이 많은 길들 중에서 한 곳을 선택해 앞으로 나아가야 하는 선택의 기로에 서게 된다. 선택해야 할 길이 올바른 길이 아니라면 처음부터 발을 들여놓지 않는 것이 좋다. 이미 그 길에 접어들게 되면 그 길이 올바르지 않다는 판단을 내리는 것도 쉽지 않고, 판단을 내렸다고 해도 셔츠의 첫 단추를 잘못 끼우면 처음부터 다시 끼워야 하듯 올바른 길로 가기 위해서는 되돌아가야 하는 이중 삼중의 고통을 극복해야 한다.

순간의 선택이 당신의 삶을 행복과 불행의 길로 인도하게 된다. 당신은 그 길을 선택해야 하며, 올바른 길을 선택하기 위해서는 당신에게 자기개발과 지혜를 요구한다. 그렇지만 가장 중요한 것은 선택한 길을 어떤 마음으로 걸어가느냐 이다.

빛은 어둠을 밝힌다

당신이 폭풍우가 몰아치는 칠흑 같은 어둠 속에서 표류하거나 산 속에서 길을 잃어 헤매고 있을 때 저기 멀리서 한 줄기 빛이 비친다면 그것은 바로 구원의 빛이 될 것이다. 너그러운 마음과 사물에 대한 통찰은 당신의 인생을 구원해 주는 빛과 같다. 또한 남을 이해하는 마음과 봉사하는 마음도 새벽의 시작을 알리는 여명과도 같은 것이다. 그러한 빛이 없다면 당신은 넓디넓은 바닷가 모래 위에 바늘을 찾아야 하는 수고를 감당해야 한다.

여유가 되면 그들이 남긴 인생의 향기를 맡으며, 그것에 당신 인생의 향기를 더해 보도록 하자.

좋은 첫인상을 남길 수 있는 기회란 결코 두 번 다시 오지 않는다.
- 디오도어 루빈

친구의 신발을 신고 걸어보아라

인생의 살면서 아무리 강조를 해도 지나치지 않는 것이 있다면 당신 인생의 동반자이자 조언자인 친구일 것이다. '친구는 하나의 영혼이 두 개의 육체에 깃든 존재' 라는 말처럼 친구는 자신을 표출하는 또 다른 자신이다.

당신 인생의 참맛을 알게 해주는 친구를 가져야 한다. 친구가 당신을 위해 무엇을 해줄 것인가를 생각하기 전에, 당신이 친구를 위해 무엇을 해줄 수 있는가를 먼저 생각하고 실천하라.

내향적인 사람은 불안의 정도를 낮추는 것이 중요하다. 그것이야말로 자기성격을 한층 발전시키기 위한 열쇠인 것이다.

- 디오도어 루빈

주는 만큼 받는 것, 그것이 인생이다

당신이 지금 남에게 행하고 있는 모든 것들은 나중에 다른 사람으로부터 그에 상응하는 수확을 거둘 수 있는 씨앗을 뿌리는 것이다.

농부가 가을에 많은 수확을 꿈꾸며 봄에 씨앗을 뿌리고, 싹이 트면 온갖 정성으로 보살피듯 당신이 하는 말과 행동을 농부가 뿌리는 씨앗과 같이 생각하고 정성과 최선을 다해야 한다. 당신이 쏟은 애정과 관심은 언젠가는 당신에게 더 많은 애정과 관심을 수확하게 해주는 것이 인생이다.

사람을 사랑하되 그가 나를 사랑하지 않거든 나의 사랑에 부족함이 없는가 살펴보라. 행함이 있으되 얻는 것이 없으면 모든 것에 대한 나 자신을 반성하라. 내가 올바르다면 천하가 모두 나에게로 돌아오리라.

- 맹자

중용을 지켜라

영원한 진리가 존재하지 않듯이 현재 자신에게 이득이 되거나 도움이 된다고, 또는 손실이 되거나 방해가 된다고 해도 언제 그것이 반전될 지 모르는 것이다. 하나에 치우치는 어리석음을 범하지 말고 모든 것을 중용으로 받아들이고 이해하는 지혜가 필요하다.

중용, 그것은 바로 지혜를 열어가는 비밀의 문이다.   - 그라시안

떠날 때를 안다는 것

머무를 때와 떠날 때를 알아야 한다. 머무를 때 떠나는 것은 무정한 사람으로 보이고, 떠날 때 머무르는 것은 남에게 해가 된다. 그 결정은 당신의 지혜에 달려 있다.

유능한 선장은 거센 파도에 부딪쳐도 뱃머리를 보고 걱정하는 것이 아니라, 저 먼 곳을 바라보며 배가 안전하게 도착할 항구를 생각하며 항해하는 것이다. 당신도 좀 더 멀리, 높게 바라보며, 당신이 가야 할 곳으로 당신을 필요로 하는 곳으로 가기를 꺼리지 말아야 한다. 떠나는 아쉬움과 그리움, 즐겁게 맞이하는 설렘과 기대감을 생각하며 떠날 시기와 머물 시기를 결정하는 지혜를 가져야 한다.

인생 최고의 보람은 일을 즐겁게 하는 데 있다.　　　- 앤터니 로빈스

우정은 매우 소중하다

친구와의 우정을 유지하는 것은 새로운 사람을 만나 친구로 만드는 것보다 훨씬 중요한 일이다. 친구가 없다면 당신은 고독할 수밖에 없으며 험난한 세상을 혼자서 살아가야 하는 것과 같다. 친구가 당신에게 말하는 충고에도 귀를 기울이자. 당신을 사랑하기에 들려주는 말이기 때문이다. 정신적으로나 육체적으로 당신의 발전을 위해 기꺼이 받아들여야 한다. 당신의 친구로부터 무슨 충고를 들었는지, 당신은 친구를 위해 무슨 충고를 해주었는지 생각해 보고 그 충고를 듣고 자신을 변화시키려 노력했다면 당신은 진실한 친구를 가지고 있는 것이고 진실한 친구가 될 자격이 있는 것이다.

아무렇게나 사는 마흔 살의 사람보다는 일하는 일흔 살의 노인이 더 명랑하고 더 희망이 많다.
- 올리버 웬델 홈

1115

자신을 조건 없이 인정하라

사물을 있는 그대로 듣고, 보면 그 실상을 파악하게 되어 온갖 잡념이 사라지고 머리가 맑아져 올바른 결정을 하게 되는 것이다. 육체의 눈과 귀가 아닌 마음의 귀와 눈으로 듣고 보아야 한다. 당신의 존재를 조건 없이 인정함으로써 당신은 한층 성숙되어 지혜는 쌓이게 된다.

듣지 않는 것은 듣는 것보다 못 하며, 듣는 것은 보는 것보다 못 하다. 보는 것은 아는 것보다 못 하며, 아는 것은 이를 행동하는 것보다 못 하다.
- 순자

생각하라, 행동이 바뀐다

생각하라, 생각하면서 살아야 한다. 생각을 함으로써 소신과 신념이 생기게 되고 지혜가 나온다. 사람이란 어떤 것을 하기 전에 먼저 생각을 하게 된다. 따라서 의식 있는 모든 것은 생각에서 출발하는 것이다. 백 번의 생각은 한 번의 실수를 막아주지만, 그 한 번의 실수가 당신의 인생을 바꿀 수도 있다.

'나는 무엇이다.' 라고 생각한 그대로의 그 무엇이 되는 것이다. 상상력은 승리자가 되는 최초의 가장 중요한 단계이다.   - 디오도어 루빈

아이처럼 세상을 바라보라

당신의 인생이 힘들다고 생각되면 모든 것을 잊고 어릴 적 동심의 세계로 여행을 떠나보아라. 천진난만한 어린이의 세계로…… 아무 걱정도 없을 것 같은 해맑은 어린아이의 얼굴을 보고 아무것에도 물들지 않은 어린아이의 마음을 생각해 보면 당신의 생활이 좀 더 여유로워지고 즐거운 일상이 될 것이다.

어린아이는 결코 선입관을 가지고 사물을 보는 법이 없다. 항상 새로운 것으로 받아들이고 배우는 자세를 어린아이에게 배워야 한다.

자신의 매력을 발전시켜 남의 마음을 사로잡는 데 활용하라. 부자나 잘생긴 사람을 대체할 수 있는 것은 얼마든지 있다.   - 그라시안

평화롭게 살라

　세상은 당신이 걱정하는 것만으로 변화되지 않는다. 백 년도 살지 못하면서 천 년을 근심으로 살아가는 인간들이라 하지 않았던가? 고민과 근심하는 것만으로 자신에게 닥친 문제를 해결할 수는 없다. 오히려 차라리 잊고 평안한 마음을 유지해 평화롭게 사는 것이 정신 건강에도 도움이 된다. 당신이 평화로워 다른 사람과 다툼이 생기지 않는다면 모두에게 평화로움이 찾아온다.

몇몇 위대한 사상만은 정말로 자기 것으로 만들어야 한다. 밝아지리라고는 생각지도 못했던 먼 곳까지 그것이 빛을 던져주기 때문이다.
- 게오르그 짐멜

1119

자신의 마음을 믿어라

당신 자신을 믿기 위해서는 당신의 마음을 먼저 믿어라. 그 믿음이 확실하게 되었을 때, 마음에 투자를 하라. 마음이 들려주는 소중한 이야기를 듣고 실행에 옮겨라. 당신이 그토록 고민하던 어려운 문제가 쉽게 해결될 수 있을 것이다. 당신의 마음은 결코 당신을 배반하거나 시험하지 않는다. 불행이 다가올 것을 미리 감지해 당신에게 전해 주지만, 그 소리는 믿음에 비례해 들리게 된다. 진실로 마음을 믿고 마음의 소리에 귀를 기울여 보아라.

가장 위대하고 심오한 진리는 가장 단순하고 소박하다.   - 톨스토이

자신을 사랑하라

자신을 사랑하라. 세상에서 가장 소중한 것은 바로 자신이다. 자신이 존재하고서야 세상도 존재하는 것이다. 아무리 세상에 봉사를 한다고 해도 자신을 외면한 사랑은 반쪽 사랑이고 자신을 속이는 행위이다. 스스로에 대해 평소에 얼마나 좋은 느낌을 가지고 자신을 사랑하며 생활하고 있는가 반문해 보아라. 스스로를 사랑하고자 하는 마음이 바로 행복한 생활의 출발점이다. 당신 자신을 포함해 세상의 모든 존재를 사랑한다면 당신의 삶은 항상 활기차고 인생 자체가 즐거운 것이 된다.

우리는 혼자 있을 때라도 남 앞에 있는 것같이 생활하지 않으면 안 된다. 우리들은 마음의 모든 구석구석까지 남의 눈에 비치더라도 두려울 것이 없도록 사색해야 한다.   - 세네카

진인사 대천명이라

당신의 모든 일에 최선을 다하라. 최선을 다했다면 후회도 없을 것이다. 그런 다음 마음을 비우고 결과에 만족해라. 당신이 최선을 다해 얻은 결과였으므로, 나머지는 운을 탓해도 좋을 것이다. 후회한다는 것은 최선을 다하지 않았다는 것이다. 따라서 좀 더 좋은 결과를 얻기 바란다면 자신의 능력을 키워서 다시 한 번 도전해 보자.

지금 상황을 돌이켜보라. 현재 상황에 만족하지 못한다면 당신은 과거 어느 순간엔가 최선을 다하지 않았다는 것이다. 최선을 다했음에도 현재를 볼 때, 만족하지 못한다면 그것으로 후회는 하지 말자.

세상을 살아가는 데 한 걸음 사양함을 높다고 하나니 한 걸음 물러섬은 곧 몇 걸음 나아가는 바탕이다. 남을 대접함에는 조그만 너그러움도 복이라 하나니 남을 이롭게 함은 바로 나를 이롭게 하는 바탕이다.

- 홍자성

1122

시간을 두고 힘을 길러라

알에서 부화한 어린 새들은 하늘로 비상하기 위해 많은 시간을 인내하며 작은 날갯짓을 계속한다. 그러다 마침내 둥지를 박차고 하늘로 솟아오르는 것이다. 당신도 어린 새들처럼 힘이 축적되지 않고 능력이 부족한 상태에서 모든 것을 이루려고 하지 말고, 시간을 두고 서서히 당신의 힘과 능력을 키워 비로소 그 시기가 오면 세상 밖으로 당신의 몸을 던져야 한다.

현명한 사람은 어떤 일을 성취한 대가는 손에 넣더라도 명성만큼은 아랫사람에게 양보한다. 스스로 이름을 감춤으로써 안정을 보장받는 것이다.
- 그라시안

이미 받았음을 감사하라

당신의 생명을 영위할 수 있게 하는 많은 여건들을 생각해 보아라. 대기 속의 산소와 물 등이 단 5분, 하루라도 없으면 당신의 존재를 논할 수조차 없게 된다. 그러나 그 고마움을 느끼지는 못한다.

아무런 잡념 없이 아무런 의심 없이 지금 바로 성취되었음을 믿어야 한다. 그 성취된 것에 감사를 드리고 환희를 느껴보자. 당신이 비록 하찮고 작은 것을 얻었다 하더라도 감사하는 마음을 갖자.

가지를 잘 쳐주고 받침대로 받쳐준 나무는 곧게 잘 자라지만, 내버려 둔 나무는 아무렇게나 자란다. 사람도 이와 마찬가지여서 남이 자신의 잘못을 지적해 주는 말을 잘 듣고 고치는 사람은 그만큼 발전한다.

- 공자

객관적인 능력으로 평가받아라

당신의 지위를 지키기 위해서는 객관적인 능력으로 평가받고 인정받아야 한다. 조직을 이끄는 지위에 있는 사람이나 그 안에서 역할을 담당하는 사람이나 모두 자신의 능력을 제대로 활용할 수 있어야 그 조직은 원활히 발전하게 된다.

남들로부터 존경받으려면 애정으로만 감싸거나, 지나치게 사무적이어서는 인간미를 느낄 수 없다.

오랫동안 땅에 엎드려 있던 새가 한 번 날기 시작하면 높이 난다. 이와 마찬가지로 사람도 힘을 기르는 기간이 길면 길수록 한 번 일어선 후에는 힘차게 활동하게 된다. 먼저 핀 꽃은 먼저 진다. 남보다 먼저 공을 세우려고 조급하게 서둘지 말라. 사업의 생명이 오래 유지되려면 준비 기간도 그만큼 길어야 한다.　　　　　　　　　　- 홍자성

자신과 대화하라

스트레스가 많이 쌓이거나 일이 제대로 처리되지 않을 때에는 자신에게 그것들을 털어놓고 이야기해 보자. 혼자만의 공간에서 아무도 듣는 사람이 없다면 아주 큰 소리로 속이 후련해질 때까지 이야기해 보자. 결코 듣기 싫어하거나 짜증을 내는 일도 없고 그로 인해 어떠한 불이익도 당하지 않는다. 솔직하게 가끔은 과장되게 자신의 모든 것을 털어놓고 대답을 기다려보자. 의외로 막혀 있던 문제를 쉽게 해결할 수 있는 명쾌한 원인과 대책을 들려주기도 한다. 지속적으로 당신 자신과 대화를 통해 문제를 던지고 해답을 얻는 사이 당신에게 많은 지혜가 있었음을 발견하게 된다.

실패한 일을 후회하는 것보다 해보지도 못 하고 후회하는 것이 훨씬 더 바보스럽다.
- 탈무드

겸손하라

당신이 현명하다면 지혜의 폭이 깊어지고 지위가 올라갈수록 자신을 낮추어야 한다. 당신의 마음속에 깃들어 있는 적지 않은 과시욕과 허영심을 과감히 떨쳐버릴 수 있어야 한다. 당신의 능력을 너무 과신해 뜻하지 않은 잘못을 저지르지 말고 있는 그대로 정확하게 파악해 받아들일 수 있어야 한다. 자신을 과대평가하는 것은 초석도 제대로 다지지 않고 누각을 세우는 것과 같아 과신하면 할수록 붕괴될 위험에 처하게 된다. 그처럼 어리석은 일이 어디에 있겠는가?

당신도 자신의 능력에 대해 겸손한 태도를 갖춤으로써 자신의 성장에 밑거름으로 삼아야 할 것이다.

고집으로 상대방을 이길 수는 없다. 당장 고쳐라.　　　　- 그라시안

1127

책임과 의무를 다해라

당신의 지혜를 좀 더 활용하고자 한다면 자신의 감정을 통제할 수 있어야 한다. 잡념이나 욕망이 머릿속에 떠오르지 않도록 적절한 자극과 이성으로 이를 통제하고 다스릴 수 있어야 한다. 당신은 당신의 책임과 의무를 다함으로써 한층 더 높은 삶을 영위할 수 있게 된다.

참으로 중요한 일에 종사하고 있는 사람은 모두 그 생활에 있어서 단순하다. 왜냐하면 그들은 쓸데없는 일에 마음을 쓸 겨를이 없기 때문이다.
- 톨스토이

364

행복의 눈빛으로 세상을 보라

당신이 현재 불행하다고 느끼고 있다면 마음을 편안히 하고 행복의 눈빛으로 세상을 바라보는 것이다. 그러면 행복하다는 생각이 찾아들게 된다.

슬픔과 좌절의 구렁텅이에 빠져 있다 하더라도 그곳에서 벗어날 수 있도록 슬픔을 딛고 일어나서 도약해야 한다. 잠시 불행에 빠지더라도 결코 당신의 마음까지 빠지는 일은 없도록 해야 한다. 당신의 마음과 눈동자 속에 행복이 깃들어 있으면 불행은 더 이상 불행이 아니고 세상은 환한 빛으로 가득할 것이다.

행복하고 싶은가? 그러면 우선 고뇌하는 것을 배우라.

- I. S. 투르게네프

말은 마음을 비추는 거울

당신이 만나는 사람들을 설득하는 것이 대인관계에서 가장 어려운 일이다. 다른 사람을 당신의 뜻대로 움직일 수 있는 설득과 지시의 기술을 터득해야 한다. 단순히 미사여구를 사용해 말을 잘하는 것만으로, 또는 단순히 동정심을 유발시켜서는 그들을 설득할 수 없다. 먼저 많은 것을 알고 그것의 장점과 단점을 파악해야 하며, 다른 사람들이 어떤 것에 관심을 가지고 있는가를 알아야 한다. 그들이 질문했을 때, 막힘없이 조리 있게 대답을 해야 한다. 그렇다고 잘 모르는 것을 아는 체해서는 금방 들통이 나게 된다. 따라서 그들이 관심을 보이는 분야에 대해서는 더욱더 많은 것을 찾아 자기 것으로 소화시켜 충분히 알았을 때 비로소 설득해야 한다.

모든 사람을 공평하게 대하라

개인 감정을 철저히 배격해 남을 평가하는 일은 결코 쉬운 일이 아니다. 더구나 사견이 개입된 평가가 다른 사람에게 해를 끼치게 된다면 그것은 그 사람의 인생을 변화시킬 수 있는 커다란 죄악이 되는 것이다. 따라서 다른 사람의 인물됨을 자기의 잣대로 평가하려고 하지 말라. 더구나 사람에 따라 다르게 적용하는 잣대를 가지지 말라. 오직 공명정대하게 평가하는 지혜가 필요하다.

수천 가지의 악 속에서도 단 한 가지라도 있을 모를 선을 찾아내는 사람이 되라.

- 그라시안

December

12

어떤 사람을 신용하느냐고 내게 묻는다면,
나는 남을 신용할 줄 아는 사람을 신용한다고 말할 것이다.
루가치

생각을 현실화시켜라

아무리 훌륭하고 뛰어난 생각이라도 머릿속에 가지고만 있어서는 아무것도 이룰 수 없는 공상에 지나지 않는다. 그것을 가치 있게 만드는 것은 그 생각을 메모하고 현실화시키는 것이다.

무심코 지나쳤던 당신의 일상을 다시 한 번 둘러보아라. 모든 사람들이 간과하거나 혹은 한 번쯤은 생각했을 그러나 생각 자체, 계획 자체로만 넘겨버린 버려진 보석들에 관심을 가져야 한다. 당신의 생각하는 힘만큼 실천하는 힘 또한 강하다는 것을 잊어서는 안 된다.

사람들이여! 상처를 주지 말라. 그것은 뾰족한 손톱이 어떤 질기고 아름다운 옷감에 흠을 낸 것과 비슷하다. 있는 정성과 인내를 다하여 짜깁기 하여도 그 흠은 완전히 없어지지 않고 새것처럼 되지 않는다. 꿰맨 자리는 항상 눈에 띄게 마련이다.
　　　　　　　　　　　　　　　　　　　　- 산스터

인내와 여유를 가져라

인류의 모든 역사와 문명, 업적은 하루아침에 이루어지지 않았으며, 그 모든 것은 이루어짐과 동시에 아직도 서서히 진행되고 있는 것이다. 조급함으로 결과를 얻고자 하는 것은 모래 위에 누각을 세우는 것과 같아, 당장은 완성된 듯하나 그 기초가 연약해 금방이라도 무너질 수 있다. 인내와 여유를 가지고 설계부터 완성까지 기초를 튼튼히 하고 정성으로 벽돌을 한 장 한 장 쌓아야 한다. 그러한 인내심은 지혜를 얻을 수 있는 좋은 방법이며, 성공으로 가는 길을 안내해 주는 인도자이기도 하다.

상처는 낫지만 그 흔적은 남는다.   - J. 레이

1203

자신의 부족한 점을 깨달아라

당신 자신을 가장 잘 아는 것은 바로 당신이다. 항상 자신을 돌아보고 부족한 것을 채울 수 있도록 노력해야 한다. 무사안일을 지향하고 현재의 자신에 만족하는 것은, 결국 자기도태를 초래하게 되는 잘못을 저지르고 말 것이다. 지금 당장 당신을 냉철하게 판단해 보라.

나는 나의 스승들에게서 많은 것을 배웠다. 그리고 내가 벗삼은 친구들에게서 더 많은 것을 배웠다. 그러나 내 제자들에게선 훨씬 더 많은 것을 배웠다.
- 탈무드

진지하게 사색하라

사색을 통한 결정은 서둘러 내린 결정에서 오는
실수나 잘못을 막아준다. 또한 뒤를 돌아보는 여유
를 주어 당신이 이전에 저지른 실수나 잘못을 찾
아낼 수 있어 다시 그런 오류를 범하지 않도록 해
주는 힘이 있다. 아무리 급하게 처리해야 할 일이
있더라도 신중하게 사색을 통해 결정하고 행동해
야 잘못을 조금이라도 줄일 수 있는 것이다. 그런
의미에서 사색할 시간을 갖는다는 것은 지혜로운
삶을 사는 첫걸음이라 할 수 있다.

강한 자존심은 당신이 전쟁에서 포로가 됐을 때 비굴해지지 않도록 해
줄 것이고 당신이 세상에 맞서 싸울 때 당신의 행동에 대해 옳은 확신
을 가져다줄 것이다.   - B. 러셀

1205

행복은 가까운 곳에서 찾아라

　남의 행복을 보고 부러워하거나 시기해 당신 자신의 일을 게을리해서는 안 된다. 현재의 결과만을 놓고 그들을 부러워하거나 시기해서는 안 된다. 그들이 그 자리에 오르기까지 어떻게 노력하고 최선을 다해 왔는가를 생각해야 한다.

　행복은 저 멀리 존재하는 것이 아니다. 파랑새를 찾아 멀리 떠나갔다가 절망에 빠져 돌아온 집의 새장에 그토록 찾아 헤매던 파랑새가 있는 것처럼 가까운 곳에서 행복을 찾아야 한다.

한 가지 뜻을 세우고 그 길로 가라. 잘못도 있으리라. 실패도 있으리라. 그러나 다시 일어나서 앞으로 나아가라. 반드시 빛이 그대를 맞이할 것이다.
- 칸트

유리의 화려한 광채에 숨겨진 연약함

세상에 진리는 없다. 시대가 변하고 살아가는 여건이 다르면 그 기준과 가치도 다르게 마련이다. 자신의 거짓을 가리기 위해 능숙한 말솜씨와 예절로 겉을 화려하게 치장한 것들이 너무도 많다. 유리는 조그마한 빛에도 화려한 광채를 내지만 보석이 아니고, 보석은 아무리 강렬한 빛을 받아도 은은한 빛을 뿜으며 보석으로서 가치를 인정받는다. 이처럼 거짓은 진실을 숨기고 겉으로 드러난 속임수이다. 이러한 거짓은 어리석은 자들을 속임으로써 환희를 느낀다. 어리석은 자들은 화려한 광채의 유리를 줍지만, 지혜로운 자는 은은한 빛을 발하는 보석을 줍는다.

진실을 사랑하게 되면 천국에서는 물론이고 땅에서도 보답을 받게 된다.

- 니체

행동은 습관으로 변한다

우리는 매사에 긍정적으로 생각하고 적극적으로 임해야 한다. 그러한 행동을 지속하다 보면 습관으로 정착하게 된다. 아무리 당신이 능력이 있다고 해도 소극적이고 부정적인 생각으로 행동하게 되면 결과는 말할 것도 없고, 어떤 일을 해도 자신이 없고 일의 능률을 떨어뜨리게 된다. 하지만 능력이 조금 부족해도 할 수 있다는 자신감과 좋은 결과를 얻을 수 있다는 긍정적인 생각으로 행동하면 능력 이상의 결과를 낳게 된다.

매사에 긍정적이고 자신감이 넘치는 사람은 다른 사람의 존경을 받게 된다. 좋은 습관이 당신의 인생을 결정짓는다.

가장 귀중한 사랑의 가치는 희생과 헌신이다.   - 그라시안

결정은 항상 깊고 진지하게 하라

어떤 일을 결정해야 한다면 항상 심사숙고하고 관련된 여러 사람들의 의견을 충분히 수렴해 최선의 방법을 택해야 한다. 그렇지 않으면 충동구매를 한 후 후회하듯이, 일이 진행될 때 잘못이 발견되어 때늦은 한탄을 하게 된다. '판단은 신중하게, 행동은 빠르게.'라는 말처럼 시간을 가지고 여러 가지 상황을 점검해 결정을 내리는 것이 바람직하다. 어느 정도 시간을 두고 생각하다 보면 결정하는 데 도움이 될 수 있는 새로운 정보를 얻거나 상황이 유리한 쪽으로 흐르는 경우가 생기게 된다. 미리 결정했다면 이런 경우 다시 일을 시작해야 하거나 되돌릴 수 없는 후회를 하게 된다. 당신에게 결정할 일이 생겼다면 어떻게 할 것인가 생각해 보라.

생각하라

사람은 누구나 생각하면서 살아간다. 그러나 그 생각을 어떻게 하느냐에 따라서 그 사람의 삶이 변하게 된다. 머릿속에 잡념이나 욕망을 가득 채우고 살아간다면 아무 생각 없이 사는 것이고 아무것도 이룰 수 없게 된다. 생각을 통해 고정관념을 깨뜨려야 한다.

항상 좋은 쪽으로만 생각을 해라. 안 된다는 생각보다는 된다는 생각을, 소극적인 생각보다는 적극적인 생각을 해야 한다. 그러면 당신의 인생은 불행에서 행복으로 바뀌게 된다.

고정관념에 매달려 있다 보면 그것이 옳다고 사실을 증명할 기회를 자꾸만 스스로 만들어내게 된다. 그러나 일단 한 번만 그 고정관념에서 벗어나게 되면 계속해서 같은 문제 때문에 같은 교훈을 배울 필요도 없고 인생 자체도 바뀔 것이다.
- 앤드류 매튜스

삶에서 깨어나라

삶을 살아가면서 성공에 너무 집착하지 말아야 한다. 성공이라는 이름으로 당신 자신의 모든 것을 뒤로 하고 오로지 그쪽으로 매진하게 되면 진정한 성공을 얻기도 힘들거니와 성공의 노예가 되어버린다. 강박 관념에서 벗어나 진정한 자유인으로서 삶을 살아야 한다. 누구를 위한 성공인가를 생각해 보라. 당신의 삶 자체를 소홀히 한다면 성공을 한 후에도 그것은 절반의 성공에 지나지 않는다. 성공을 위해 삶을 어떻게 살아야 할 것인가를 생각하기 전에 어떤 삶을 살면서 성공할 것인가를 먼저 생각해야 한다.

우선 진지한 욕망을 가지고 잠재의식의 힘을 완전히 신뢰하며 성과가 나타나기를 끈기 있게 기다려야 한다. 그러다가 잠재의식이 어떤 행동을 명령하고 힌트를 주거든, 의심을 품거나 주저하지 말고 그 명령에 순종하라. 이것이 신념을 행동화시키는 길이다.　　　- 디오도어 루빈

항상 마음으로 말하라

　높게, 혹은 낮게, 그리고 부드럽게 말하는 방법을 배워라. 당신의 목소리가 상대방에게 흥미 있게 들리도록 하라. 무엇인가를 말할 때는 상대방 모르게 잠시 귀 뒤에다 손을 대고 자신의 목소리를 들어보도록 하라.

있는 그대로 말하라. 남들을 정직하게 대하는 것은 그들을 존중한다는 뜻이자, 자신을 존중한다는 뜻이기도 하다. 게다가 정직은 일을 훨씬 더 간단하게 만들어준다.
　　　　　　　　　　　　　　　　　　　　　- 앤드류 매튜스

핵심적인 말이 성공에 결부된다

당신의 장점 리스트를 남들의 기억 속에 확실하게 심어줄 수 있는 몇 가지 노력을 하라.

당신의 장점을 뚜렷하게, 멋있게, 정직하게 말하라. 당신의 이야기를 상대방의 뇌리에 기록으로 남을 수 있도록 하는 것이다.

차면 비고, 부풀면 줄어들고, 올라가면 내려온다. 파괴하려거든 끝까지 몰고 가고 보존하려거든 중용을 지켜라.   - 도교

상대방의 이름을 확실히 외워 익혀라

첫인상만큼이나 중요한 이름을 듣지 않는 사람이 상대방에 대해서 무엇을 알 수 있단 말인가? 이름을 물어라! 그리고 그 이름을 되풀이하라. 상대방의 이름에 어떤 이미지를 결부시켜 연상하라.

사물을 생각하는 데는 이론이 필요하다. 그러나 기하학에서 풍경을 그릴 수 없듯이 이론만으로는 사물을 생각할 수가 없다.   - 빅토르 위고

농담에도 예의가 있다

그 자리에 없는 사람에 대해서는 농담이라도 절대로 해서는 안 된다. 당신이 자리를 비운 후, 그 자리에 모였던 다른 사람들이 당신에 관한 농담을 한다면 기분이 어떨 것인가?

땅이 더러운 곳에는 초목이 무성해지고 물이 너무 맑으면 고기가 없느니라. 그러므로 군자는 때 묻고 더러운 것이라도 받아들이는 아량을 가져야 하고 깨끗한 것만 즐기며 혼자서만 행하려는 절조는 갖지 말지니라.

- 홍자성

성공을 발견하는 최선의 방법

성공을 발견하는 최선의 방법은 자기가 좋아하는 일에 정신을 집중시키는 것이다. 당신이 거기에 대해서 할 수 있는 모든 것을 기울여라. 그리고 지식과 기술에 새로운 무엇인가를 보충하라.

목표가 있거든 그것이 이미 성취된 것처럼 무의식에 새겨넣어라. 목표가 이미 이루어졌다고 상상하는 사이, 내면의 마음은 당신이 원하는 마지막 결과를 만드는 작업에 착수할 것이다.   - 앤드류 매튜스

1216

상대방의 말에 귀를 기울인다는 것은

상대방에게 좋은 인상을 주지 못하는 주된 이유가 상대방의 말을 주의 깊게 듣지 않기 때문이다. 사람들은 다음에 해야 할 자기 말에만 너무나 신경을 쓰기 때문에 상대방의 말을 소홀히 듣게 되는 것이다. 그러나 사람들은 말을 잘하는 상대보다는 말을 잘 들어주는 상대를 좋아한다. 사업을 성공적으로 이끄는 별다른 비결은 없다. 무엇보다도 당신에게 이야기하고 있는 사람에게 전적으로 주의를 기울이는 것이 가장 중요하다. 이것보다 더 효과적인 사업의 비결은 없다는 걸 명심하라.

마음에는 예의란 것이 있다. 그것은 애정과 같은 것이어서 그같이 순수한 예의는 밖으로 흘러나와 행동으로 나타나는 것이다.   - 괴테

상대방을 설득하는 방법

첫째, 사소한 것은 일단 양보하라.
둘째, 중요한 것은 물고 늘어져라.
셋째, '만약에' 라고 묻지 말고 둘 중 한 가지를
　　　선택하게 하라.
넷째, 좋은 면을 강조하고 나쁜 면은 숨겨라.
다섯째, 상대방에게 부담을 주어서는 안 된다.

위험이 다가왔을 때 도망치려고 생각해서는 안 된다.. 그렇게 되면 도
리어 위험이 배가 된다. 그러나 결연하게 맞선다면 위험은 반으로 줄
어든다. 무슨 일을 만나거든 결국 도망쳐서는 안 된다.　　- W. 처칠

긍정적인 대답을 유도하라

상대방으로 하여금 자신의 뜻을 받아들이게 하고 싶다면 처음부터 서로 의견이 상반되는 문제를 화제로 삼아서는 안 된다. 서로의 의견이 일치되는 부분부터 이야기하기 시작해서 진행시켜 나가야 한다. 서로가 같은 목적을 위해 노력하고 있다는 것을 상대방이 알 수 있도록 해야 하기 때문이다.

처음에는 상대방이 '네.' 라고 긍정적인 말을 할 수 있는 부분만을 골라서 이야기하는 것이 중요하다. 따라서 가능한 한 '아니오.' 라는 부정의 말이 나오지 않도록 한다. 상대방이 한 번 '아니오.' 라고 부정하게 되면 그 말을 다시 번복시키기가 힘들어진다. 그것은 자존심이 허락하지 않기 때문이다. 끝까지 그것을 고집하게 되므로 처음부터 '네.' 라는 말이 나올 수 있도록 화제를 이끌어가는 기술이 필요하다.

1219

자신의 힘으로 밀고 나가라

당신은 성공의 사다리를 올라갈 수 있도록 자기 자신을 끌어올릴 수 있는 충분한 능력이 있다. 의지의 힘, 사고의 힘에 의해서 당신 자신을 끌어올려라. 배경에만 의지하지 마라. 밀고 나가는 힘에 의지하라.

사람은 자신이 하는 일에 대해 신념을 가져야 한다. 그리고 자신이 옳다고 확신하는 일을 실행할 만한 힘을 모두가 가지고 있는 법이다. 자신에게 그 같은 힘이 있을까 주저하지 말고 앞으로 나아가라.   - 괴테

마음이 통한다는 것은

우리는 많은 사람들과 오랫동안 대화를 주고받는다. 그렇지만 서로 간에 깊은 속마음까지 주고받는 경우는 극히 드물다. 마음이 통한다고 느끼게 되는 경우란 찾아보기 힘든 것이다. 이는 저마다 자기 나름대로의 고유한 생활 방식이 있기 때문이다. 그러나 자기만의 방식대로 이해하고 받아들인다거나 속마음을 감추는 한 아무도 당신에게 마음을 열지 않을 것이다.

서로의 마음이 통하는 것은 자신의 고민이나 문제를 털어놓고 상대방에게 도움을 받는가 하면 그 반대의 입장에 서기도 하는 것이다. 다시 말하면 어려운 상황을 극복하기 위해 서로의 마음과 뜻을 모아 돌파구를 찾는 것이다.

상대방을 유혹하여 설득하라

상대방이 기대했던 것보다 더 큰 것을 주겠다고 암시하라. 그는 완전히 말려들고 말 것이다. 그때 당신은 상대방의 말뜻을 충분히 이해하고 있다는 것을 보여주어야 한다. 상대방은 곧 수그러지고 당신편에 서게 될 것이다.

어떤 사람을 신용하느냐고 내게 묻는다면, 나는 남을 신용할 줄 아는 사람을 신용한다고 말할 것이다.
 - 루카치

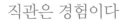

직관은 경험이다

당신이 직관의 인도를 받아들인다면, 잠재 의식은 무엇을 해야 하는가에 대해서 당신의 이성보다도 훨씬 더 좋은 판단을 내릴지도 모른다. 잠재 의식은 결코 잠자지 않는다. 그것은 당신의 주위에 있는 온갖 이미지를 항상 기록해 나가고 있다. 그것이 당신의 직관을 발달시킨다.

제 몸을 버리고 뜻 있는 일을 했을 바에는 그 일에 의심을 품지 말라.
의심을 품는다면 자신을 버리고 나섰던 뜻에 부끄러움이 많으리라.

- 홍자성

행복은 당신의 미소 속에 있다

아침 식탁에 앉으면서 아내에게 아침 인사를 건네고 미소를 짓자. 그러면 아내는 기뻐서 어쩔 줄 몰라할 것이다. 매일 아침 출근할 때마다 만나는 사람들과 웃는 낯으로 인사를 나누자. 그들도 기쁜 얼굴로 인사를 건넬 것이다. 한 번도 본 적이 없는 사람에게도 미소를 건네라. 그도 다정한 미소로 당신을 반겨줄 것이다. 상대방이 잔뜩 화가 난 얼굴로 항의를 해도 내가 미소를 잃지 않고 상냥하게 대하면, 그 역시 분노를 누그러뜨리려고 노력하게 되므로 서로의 문제점을 해결하기가 한결 쉬울 것이다. 삶의 행복은 당신의 얼굴에서 결정된다.

마음의 준비만이라도 되어 있으면 모든 준비는 완료된 것이다.

- 셰익스피어

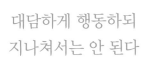

1224

대담하게 행동하되
지나쳐서는 안 된다

무리하게 남을 밀어젖히고 앞으로 나가려는 사람들이 있다. 그들은 맨 먼저 열차에 뛰어오른다. 적극성을 가지고 있지 않으면 생존 경쟁에서 살아남지 못한다고 믿는 사람들이다. 그러나 그들은 간혹 엉뚱한 곳으로 향하는 열차에 오르는 잘못을 저지르기 쉽다는 사실을 명심하라.

의지가 굳은 사람은 행복할지니 너희는 고통을 겪겠지만 그 고통은 오래가지 않을 것이다.
- 앨프레드 테니슨

1225

모든 것은 마음먹기에 달렸다

    찰과상을 입은 환자들은 육체적 고통 때문이 아니라 자신의 피를 보았다는 것이 원인이 되어 졸도하는 경우가 많다. 그렇게 되는 것은 우리의 피가 신체에 미친 결과가 아니라 생각에 미친 결과이다. 우리의 생각이 우리를 졸도시키는 원인이 되는 것이다.

지나간 일에는 집착하지 않는다. 즉 과거에 구애되지 않고 또 아직 다가오지도 않은 미래의 일에 쓸데없는 걱정을 하지 않는다.　　- 장자

1226

의지의 힘이 강력한 약이다

강한 정신은 부러진 팔을 치료할 수는 없으나, 뼈를 빨리 회복시키는 데 도움이 되는 내부적 치료를 할 수 있다는 것만은 확실하다. 당신의 정신은 모든 자연적 현상을 개선시킬 수가 있다. 이제부터 정신에게 육체와 함께 맞벌이할 기회를 제공하자.

그날이 가져다주는 의무를 다할 때까지 하루가 끝났다고 생각지 말라.

- J. 후커

상냥한 말로 먼저 인사를 건네라

상냥한 말은 내성적인 사람이 자신을 표현할 수 있는 최상의 묘약이다. 당신에게는 당신의 자아를 확대시키고 기분을 좋게 하기 위한 사교적인 만남이 필요하다. 그리고 그런 만남을 주선하게 되는 최선의 방법은 당신이 먼저 상대방에게 기분 좋게 말을 건네는 일이다.

너 자신을 누군가에게 필요한 존재로 만들어라.　　　　　- 에머슨

건강한 생각은
건강한 행동을 유발한다

　당신이 행복한 삶을 누리려면 건강을 지켜야 한다. 건강한 육체를 지니고도 건강한 정신을 가지고 있지 못하다면 소극적이거나 부정적인 행동이 나올 것이며, 건강한 정신을 지니고도 건강한 육체를 가지고 있지 못하다면 생각은 올바르나 모든 것이 귀찮아져 생각한 대로 행동하지 못하게 된다. 따라서 건강한 정신을 가지고 건강한 육체를 유지해야 한다.

덕행은 세상의 지식보다 얻기가 더 힘들다. 그리고 젊은 사람이 이것을 잃게 되면 좀처럼 회복할 수가 없다.　　　　　　- 존 로크

397

1229

신념은 산을 움직일 수 있다

할 수 있다는 태도를 항상 유지하는 것이 곧 불굴의 정신이다. 이것이 성공의 철학이다. '나는 불가능하다.'는 것은 실패의 지름길이다. 불가능하다는 말은 이제 당신의 두뇌에서 삭제하라. 그렇게할 때 비로소 새롭고 적극적인 생각이 당신을 대신하게 된다. 현재 당신이 처한 상황이 아무리 어렵더라도 할 수 있다는 자세로 대처할 때 상황은 개선되고, 필요로 하는 생각과 도움을 줄 사람들이 나타나게 된다. '나는 할 수 있다.'는 자세로 노력하라. 그러면 당신은 이미 성공이라는 보물을 손에 거머쥐고 그 성공과 함께 뛰고 있는 것이나 마찬가지이다.

비범한 사람들과 같이할 때는 어떤 비용이라도 지불하라. 하나의 정보를 얻으면 실패를 성공으로 이끌 수 있다.   - 마이크 머독

1230

기회는 기다리는 것이 아니라 만드는 것이다

기회란 막연히 기다려서는 절대 잡을 수 없다. 평소에 하고 싶었던 것, 해야 할 것 중에 손쉽게 할 수 있는 것을 잡아서 바로 시작하라! 자신에게 부족한 면이 있다면 자기개발 정보도 찾아라. 보고, 듣고, 느낀 것은 즉시 자신의 생활에 적용시켜 행동으로 옮겨라. 어느 것이라도 좋다. 무엇이든 바로 시작하라! 새로운 일의 시작과 동시에 부정적인 마음이 변하고, 몸 속 어디선가 강력한 에너지가 솟아나는 것을 느끼게 될 것이다. 노력해서 안 되는 일은 없다. 아무리 어려운 상황도 조금씩 성취하다 보면 결국은 끝을 보게 되는 것이다. 기회는 앞에서 잡아야 한다. 뒤에서는 절대 잡을 수 없다. 그리고 기회란 막연히 기다려서는 절대 잡을 수 없다. 기다리는 것이 아니라 자신이 만드는 것이다.

좋은 마무리를 하라

계획이 훌륭하다고 해서 반드시 결과가 좋은 것은 아니다. 꿈은 가지되 자신의 능력과 한계를 생각해서 지킬 수 있고 실천할 수 있는 계획을 세워야 한다. 계획을 세웠으면 다시 그 계획을 실천할 수 있도록 세부 계획을 짜서 의지를 가지고 하나씩 지켜 나가도록 한다. 하나씩 실천했을 때의 기쁨을 만끽하자. 그러한 희열이 없다면 실천의 의미를 깨닫지 못해 중도에 포기하기 쉽다. 천천히 그러나 중단 없이 계획한 바를 이루어 나가면 반드시 좋은 결과는 당신을 기다릴 것이다.

세상에서 가장 힘든 일은 모든 사람이 생각하지 않고 말하는 것을, 생각하면서 말하는 것이다.
— 알랭